AF147052

Bernd Lange

Kreuz- und Querungen
Exkursionen

Alltags- und Allnachtsgeschichten

© 2016 Bernd Lange
http://www.schreiberei-b-lange.de/schrift-stelle/

Foto Titelseite	Bernd Lange
Foto Rückseite	Mehmet Werner
Gestaltung Titelseite	Nuray Gucanin
Satz	Kannada MN und Minion Pro Med
Herstellung und Verlag	BoD – Books on Demand, Norderstedt
ISBN	978-3-7412-5261-7

Bibliografische Informationen der Deutschen Nationalbibliothek: Die Deutsche Nationalbibliothek verzeichnet diese Publikation in der Deutschen Nationalbibliografie – detaillierte bibliografische Daten sind im Internet über http://dnb.dnb.de abrufbar.

Exkursionen

7	Landschaft des Lebens
12	Mit uns, das wird nicht mehr
22	Spuren im Schnee
29	Der Steiger von Flöz Ü
36	Bild einer Insel
41	Wieder getroffen
44	Schlaf-Los
48	Gescheiterte Versuchsanordnung
65	Talk-Treff auf platt2
70	Gang und gäbe
81	Tödliche Potenz
95	So war das nicht geplant
103	Auf verfahrenen Gleisen, endlich verbrieft
135	Endloses Alphabet

Landschaft des Lebens

So schreiben können,
bis sich das Wort
vom Vorbild löst
und der Geist
vom Erlebnis der Gedanken.

So schreiben können.
Meist gelingt es nicht.

So leben können,
bis sich die Gedanken
vom Vorbild lösen
und die Worte
vom Geist des Erlebten.

So leben können.
Manchmal gelingt es ja.

Irgendwann, spät im Dunkel der Nacht, beruhigt sich langsam die Landschaft des Lebens. Draußen, hinter den Vorhängen, verschlucken Wolkenfetzen das fahle Licht des Mondes. Für eine Weile vergrabe ich den Kopf in meine Hände. In die Finger der Hände, die über Stunden zuvor die alte Olivetti auf ihren abgenutzten Tasten gequält haben.

Reflexionen geschehen auf einem Blatt Papier. Auf vielen Blättern inzwischen. Ganz allmählich verlasse ich meinen Horizont. Kaum spürbar jongliere ich mit den Worten, die vor mir auf dem Papier anfangen zu tanzen, die immer wieder neue Choreografien erlauben.

In der Pose des Rodinschen Denkers beobachte ich unbewusst den Boden vor meinen Füßen. Zaghafte Schatten nehmen die vom Alter gefestigten Holzdielen in Besitz und zeichnen immer wieder neue Muster. Silhouetten formen sich zu Bildern und verlöschen wieder. Ich möchte in das

Dunkel des eigenen Lebens reinschauen, meine inneren Räume entlangfahren wie auf einer Landkarte der selbst ernannten Exkursionen.

Es gelingt mir nicht. Noch nicht.

Langsam, kaum fühlbar, entrinne ich der schwerfälligen und fast schon störrischen Erhebung meiner Gedanken. Ich gleite aus dem Gleichmaß bewusster Schöpfung. Lust auf das Leben hinter den Wolken macht sich in mir breit. Hinter meinen geschlossenen Augen prickelt die Verwirrung. Aus einem Seifenblasenkokon schlürfe ich die letzten Stunden meiner Worte ...

Erinnerungen werden wach.

Ich rieche den vorletzten Herbst. Blutrot fallendes Laub, fallobstbedeckte Wiesen, goldgelbe Stoppelfelder. Ziellos laufe ich über die Weite einer horizontlosen Landschaft. Und sauge die sich zögernd erwärmende Morgensonne durch die letzten noch ausharrenden Nebelfetzen auf. Meine Schritte werden langsamer, ohne zu wissen, wo sie mich hinführen. Es gibt Augenblicke, in denen ich verweile. Schaue auf einen Maulwurfshügel, der das schon gelbliche Grün der feuchten Wiese mit seinem tiefbraunen, fast schwarzen Farbkontrast unterbricht. Berühre einen verwitterten Baumstumpf, der, vom Moos bewachsen, wieder in ein neues Leben wächst. Beobachte eine kleine Gesellschaft von geschwätzigen Vögeln, die in den überreifen Brombeerbüschen ihr Morgenmahl findet. Stehe vor einem verwunschenen Tümpel, auf dem Wasserläufer im Gegenlicht tanzen und darüber Libellen, auf der Stelle schwebend, nicht abstürzen. In einer Hagebuttenhecke zieht eine Spinne ihre Fäden zu einem Netz, in dem meine Gedanken mit einem Male wie Nichtigkeiten hängen bleiben.

Ich spüre noch einmal das letzte Frühjahr. Aus den Ästen und Zweigen der Bäume fällt kraftlos die Kälte. Zwischen dem zarten Grün der jungen Blätter lässt das langsam aufatmende Licht der Sonne bunte Flecken tanzen. Der leichte Wind fühlt sich an wie Seide. Zwischendrin tönt Frösches Morgenchoral, f-Moll, der Dirigent hat noch viel Arbeit, Tonleiter und Einsatz zu koordinieren. Ein taumelnder Schmetterling landet lautlos auf den frohlockenden Farbreizen der ersten Frühlingsblumen, die leuchtend, duftend, berauschend die Wiesen bevölkern. Zärtlich werden sie von erwachenden Bienen geküsst. Ein neuer, lange nicht mehr erlebter Duft beflügelt auch mich. Die Luft riecht grün, und doch liegt ein forderndes Zirpen, die monotone Symphonie der Grillen, in ihr. In der Ferne läuten Kirchenglocken zur Mittagsruhe. Sie mahnen wieder an das Irdische im Leben. Ich komme mir plötzlich vor, als wäre ich eine Wiesenblume, der eine Hummel die Blütenblätter ungestüm zerzaust hat – und nun den Kopf hängen lässt.

Ich fühle noch diesen Sommer. Und sehe im aufgeheizten Zwielicht der Nacht die Sterne leuchten. Ich empfinde, wie sie wie die Zellen in unserem Körper alles beherrschen. Die Augen schließen und im Gras liegen. Auf nichts warten wollen. Der Himmel ist unendlich hoch und doch zum Greifen nahe. Ich spüre seinen Atem und höre nur das Geräusch der Unendlichkeit. Am Horizont ahne ich den neuen Tag. Ein gefiederter Bote stimmt erst zögernd, dann aufdringlich zum Morgenlied an. Von Minute zu Minute werden es mehr. Ein schillernder Käfer erwacht im vertrockneten Moos am Rande des kleinen Waldes gleich unterhalb vor mir. Immer noch liegend warte ich auf die Sonne. Die Illusion spielt mit. Erst langsam, dann immer plötzlicher hebt sie ihr Gesicht. Doch die Erde lässt sich nicht beirren in ihren kreisenden Bewegungen. Und ich denke zurück an den Tag, an dem die Sonne aufgeht und mit ihrem strahlenden Antlitz nichts als Wärme verbreitet.

Ich lausche dem kommenden Winter. Und rede mit dem alten Baum, an dessen Stamm ich mich so oft anlehnen durfte. Der schon so viel in seinem Leben mitgemacht hat und bald wieder die schwere, weiße Last des Winters trägt. Der sich trotz Kälte entblößt und dennoch standfest allen Naturgewalten trotzt. Um Wochen, Monate später zu neuem Leben zu erwachen. Um von Jahr zu Jahr stärker zu werden. Wenn ich dann meinen Baum so vor mir sehe, so stolz, wie er da steht, komme ich mir durchgefroren vor. Durchgefroren vom harten Wind der Enttäuschung. Ich laufe weiter im Schnee. Vor mir ist alles unberührt. Hinter mir erscheinen zerstörende Spuren. Sie geben keinen Sinn, leise Flocken verlieren sich in ihnen. Morgen früh werden sie endgültig vergessen sein.

Auf einmal öffnet sich der Kokon, ich bin weit, alle Ströme fließen. Die Olivetti als endloser Ozean. Einfälle blitzen wie Flossen auf springenden Fischen. Gedankenwellen umspülen das ausgemergelte Riff meines Hirns. So wie die Wellen des Meeres ganz sacht plätschernd die Kaimauer liebkosen. Mein Blick wandert zum Horizont. Alles funkelt und gleißt. Buchstaben tanzen wie Sterne in nächtlicher Stille, gestalten sich zu Worten. Ich erlebe den Rausch von sinnlichen Klängen durch die Wolken im Mondlicht. Der Anfang dieser Geschichte explodiert in meinem Kopf. So wie ein erster Kuss erotisierend den Körper durchströmt ...

Ich rieche noch einmal den vorletzten Herbst. Und trete auf die mürben Überreste eines Apfels. Braun, unansehnlich und pockennarbig vom Schimmel.

Und ich spüre übergangslos das letzte Frühjahr. In dem ich allzu leicht über einen verborgenen Baumstamm stolpere, wenn allmählich das Gras zu hoch gewachsen ist.

Ich fühle unmittelbar danach diesen Sommer. Und ich muss einsehen, dass das Schaukeln der Milchstraße ein unlösbarer Wunsch bleibt. Ich stelle mir vor, wie bewegend es ist, wenn unverhofft ein klares, strahlendes Licht bei den Millionen und Abermillionen von Sternen am nächtlichen Himmel ausgerechnet auf mich fällt.

Und ich lausche ein letztes Mal dem kommenden Winter. Ich lehne an der alten Buche. Und berühre zaghaft das vernarbte Herz, das zwei Menschen für immer und ewig als Erinnerungsspuren in der faltigen Rinde hinterlassen haben.

Beim ersten Sonnenstrahl entfernt sich das Gefolge meiner poetischen Kräfte. Ich muss feststellen, wer die Gedanken im Dunkel der Nacht zu lange laufen lässt, kann Entfernungen nur schlecht abschätzen.

Der Alltag schleicht sich wieder ein. Es ist die Rückkehr mit kleinen Schritten in die Unbedeutsamkeit. Doch mein träge getränktes Hirn ist noch nicht bereit, kopflose Bewegungen fugenlos dem täglichen Einerlei anzupassen. Ich will dem neuen Tag noch nicht begegnen, suche für eine letzte Weile Aufschub im morgendlichen Dämmerzustand. Und dann sehe ich es vor mir, das flüchtige Bild. Das flüchtige Bild in meinem Gepäck, das unbeschreibbar viel erzählen kann.

Und dann weiß ich, warum ich nachts vor meiner alten Olivetti sitze und schreibe:

Manchmal erscheint in meinen Worten etwas,
das ich immer schon gesucht habe.
Denn es entspringt in ihnen das,
was man als Wort nicht sieht.
Doch es entsteht in den Worten als etwas,
das sich von selbst erklärt.
Und es erwacht das Staunen
über das Dasein und Sosein der Dinge.

(2005)

Mit uns, das wird nicht mehr

1 Dass die Wellen in der kleinen Baia dell'Innamorata seine Füße in dieser Minute umspülen, ist eine Flucht. Eine ziemlich spontane Flucht, geht ihm durch den Kopf, und doch eine durchdachte, eine logische Flucht. Es ist seine Flucht, vor ihm selbst.

Nach sieben Stunden mit dem Auto durch die Nacht und achthundert Kilometer weiter südlich steht er am Rande des Mittelmeeres. Die gerade aufgehende Sonne legt einen hellen Streifen in die glatte Bucht. Die Flügel der ersten schreienden Möwen über dem Wasser gleißen bereits im flachen Licht.

Abraham wollte vor sich selber fliehen. Jetzt steht er fröstelnd am noch dunklen Meer. Ich habe mich selbst eingeholt, denkt er müde. Und dass die gleichen Wellen, die seine Füße umspülen, immer wieder die Worte, die letzten Worte, die er von ihr gehört hat, an Land spülen, will er nicht begreifen: *Mit uns, das wird nicht mehr.*

2 »Einen Caffè.«
Kurzes Nicken.
»Einen doppelten, bitte.«
»Hm.«
»Bitte.«
»Danke.«

Eine Brioche greift Abraham von der Theke. Sein Frühstück nimmt er im Stehen, noch vor Sonnenaufgang.

Die Bar Centrale, direkt am Marktplatz, ist bereits voll. Fischer, in Gummistiefeln. Marktfrauen, mit Schürze und buntem Kopftuch. Dann im feinen Nadelstreifen, die ersten Geschäftsleute, der Anwalt, der Notar, der Inhaber vom Schuhgeschäft gegenüber. Der Postbeamte, in seiner blauen Uniform mit Schirmmütze. Ein Kommen und Gehen. Alle haben was zu sagen, wissen das Neueste zu berichten, jeder trinkt schnell seinen Caffè, seinen Cappuccino, isst hastig seine Brioche.

»Ciao.«

»Ciao.«

Und sind durch die Tür.

Abraham genießt diese Hektik, die so viel Ruhe ausstrahlt. Dieses Ambiente, das den Deutschen so abgeht. Es lenkt ab von den verqueren Gedanken, die er achthundert Kilometer mitgeschleppt hat.

»Noch einen bitte, doppelt.«

Es ist sein zweiter, nach sieben Stunden Fahrt hinterm Steuer, am Stück.

»Ja, gerne.«

»Danke.«

Ein neuer Tag beginnt.

3 Die ersten Sonnenstrahlen berühren bereits den kleinen Strand, der sich im Halbkreis an das Meer schmiegt. Abraham sitzt im Sand und lehnt an einem der Fischerboote, die sich nach der nächtlichen Fahrt aufs Meer jetzt ausruhen. Fast alle leuchten in den Farben des unverwechselbaren mediterranen Blaus. Abraham versucht zu lesen. Das Buch heißt „50", der Autor Avery Corman. Doug Gardner, bekannter Sportjournalist in New York macht seine Midlife-Crisis durch. Sie beginnt mit 47 und endet drei Jahre später mit seinem 50. Geburtstag.

Abraham ist bereits über 50, nicht viel. Und stellt fest, dass ihn auf dem Höhepunkt des Lebens sein Tiefpunkt voll erwischt hat. Er ist weder bekannt, noch Journalist, noch lebt er in Amerika. Doch er findet eine Reihe von Parallelen zwischen dem Protagonisten des Buches und seinem eigenen Leben. Warum sollte nicht auch ein durchschnittlicher Reklametexter aus Deutschland eine, seine eigene Lebenskrise durchmachen?

Die Wellen in der Baia dell'Innamorata, fast 60 km südlich von Genua in Ligurien, nach Ansicht von Abraham mit eine der schönsten Küsten Italiens, plätschern leise vor sich hin. Und wieder zurück. Außer den laut gestikulierenden Geräuschen einiger Fischer, die ihre Boote säubern, ihre Netze neu zusammenlegen für die Ausfahrt nächste Nacht, liegt eine milde Ruhe in der Bucht.

Abraham legt sein Buch in den Sand. Ihm fehlt die Ruhe zum Lesen. Seine Gedanken kreisen im Kopf wie die Möwen über dem Wasser. Nur, seine Gedanken haben nichts gemein mit der Anmut der Möwen, die schwerelos in ihren Flugbahnen schweben. Seine Gedanken sind eher wie die Schreie, wenn die Möwen um die letzten Reste des Meeres, die noch in den Fischerbooten liegen, streiten. Abraham stellt fest, dass er sich in etwas verrannt hat. Total verrannt. Etwas, das er so greifbar vor sich sieht, vor sich im weichen Sand.

Es ist nicht greifbar. Die Wellen spülen es immer wieder an Land und nehmen es nur eine Sekunde später wieder mit. Was bleibt, sind wirre Bilder, die niemals untergehen.

Abraham findet keine Ruhe.

4 »... Ein Kilo Pfirsiche.«
»Bitte.«
»... Haben Sie Artischocken?«
»Ja.«
»... Und Spinat?«
»Wie viel?«
»... Sind die Auberginen frisch?«
»Selbstverständlich, Signora!«
»... Und von den Oliven, den schwarzen.«
»Gerne.«
»... Nein, nein, heute keine Zitronen, aber ein Pfund Kirschen, von diesen da.«
»Gut. Bittesehr.«

Abraham geht über den Wochenmarkt auf der kleinen Piazza. Er nimmt das Hin und Her des Einkaufens, Aussuchens, Verhandelns in sich auf. Hört Wortfetzen der nicht enden wollenden Gespräche. Beobachtet die Mimik, die Gestik der Männer, der Frauen, der Kinder, die oft genug mehr sagen als Worte.

Seine Augen erfreuen sich an der üppigen Farbpalette des Obstes. Genießen die prächtige Vielfalt des Gemüses. Bewundern den unendlichen Reichtum der unterschiedlichsten Meeresfrüchte. Begutachten das ausgereifte Angebot des Käses. Sind begeistert über die nicht mehr überschaubare Auswahl an lukullischen Sinnesfreuden. Abraham sieht sie alle vor sich, die Ergebnisse der Kochkünste der italienischen Cucina casalinga.

Der schon lauwarme, obwohl noch frühe Morgen tut sein Übriges. Abraham ist eins mit sich. Wie im Traum. Wie in einem paradiesischen Zustand kurz vor seiner Vollendung. Für ihn gibt es heute Morgen keine quälenden Fragen, was nehme ich, was brauche ich, was fehlt mir. Nein, heute gehört ihm alles. Heute gehört Abraham die Welt. Es ist sein Tag.

Lass ihn nie zu Ende gehen.

5 Ein Kaugummi ersetzt das Zähneputzen an diesem Morgen. Fade lümmelt er inzwischen in Abrahams Mund, bekommt langsam einen unerotischen Beigeschmack. Abraham hat manchmal das Gefühl, dass der Kaugummi ein wenig salzig schmeckt. Er spuckt ihn aus, will seinen Zustand damit ebenfalls in hohem Bogen ausspucken.

Das Meer nimmt alles, was man ihm gibt. In dieser Hinsicht ist es geduldig. Das Meer nimmt auch Kaugummis. Das Meer gibt jedoch auch wieder zurück. Es ist ein Spülbecken für gestrandete Vergänglichkeiten, für unbewältigte Unerlässlichkeiten. Abraham muss erkennen, sein Kaugummi ist ein Symbol für die Unendlichkeit. Abraham schließt seine Augen. Er lässt die lichtgetränkte, glitzernde Oberfläche des Meeres, die aussieht, als würden Tausende von Sternen funkeln, ins Zeitlose verschwinden. Sie blenden ihn noch bei geschlossenen Augen und verdunkeln ihm gleichzeitig den Blick in eine neue Zukunft. Abraham kaut auf seinen Gedanken rum, bis er, übernächtigt, nahtlos in einen tiefen Schlaf versinkt.

6 *Ti amo!*
Schreiend, ja fast schon befehlend steht es an der braunen Hauswand.

Abraham geht durch die alten Gassen des kleinen Städtchens, in denen die späte Nachmittagssonne nur noch an wenigen Stellen hineinschaut. An alten Häusern vorbei geht er immer höher hinauf. Er lässt sich treiben, würde jeder denken, der ihn hinter geschlossenen Fenstern beobachtet. Ein kleines, unscheinbares Häuschen, neben den anderen schon deutlich verkommen, schreit ihn an.

Ti amo!

Es rückt seine Fassade mit den in dicken Pinselstrichen gemalten Buchstaben mit einem Mal in den Vordergrund, stellt sich vor seine Nachbarn, nimmt Beziehung auf durch seine schlichte, aber dennoch unübersehbare Anklage.

Ja, ich liebe dich.

Du bist der ruhende Pol zwischen all den sauberen, ordentlichen Ansichten.

Die Gleichung geht auf. Im Garten des kleinen Häuschens, verwildert, verwuchert, verwunschen, singt ein Vogel sein Lied. Unaufhörlich, immer wieder, ohne zu enden. Er singt seine unendliche Geschichte.

Für mich, denkt Abraham.

Mir allein. Klar und deutlich.

Er versteht jeden Ton.

Ti amo.

7 Die Glocken des Kirchturms, nur fünfzig Meter von der kleinen Bucht entfernt, verkünden wie jeden Tag auch heute ihre Botschaft.

12 Uhr Mittag. Aus irgendwelchen Träumen herausgerissen, blinzelt Abraham aufgeschreckt in die Sonne.

Wo bin ich? Wer bin ich? Wieso bin ich? Die Vergangenheit holt Abraham langsam wieder ein. Er liegt immer noch an dem Strand, wo ihn vor zwei Stunden das ständig wiederkehrende Plätschern der Wellen in eine andere Welt schaukelte. Er ist immer noch derjenige, der vor vierzehn Stunden fluchtartig seine Wohnung verlassen hat, um hier zu stranden. Auf die dritte Frage weiß er immer noch keine Antwort.

Das Stück Meer in der kleinen Bucht kündigt Welle für Welle den Wechsel der Gezeiten an. Mit dem aufkommenden Wind meldet sich die Flut. Sehr viel unruhiger schlagen die Wellen an den Strand, erobern Zentimeter um Zentimeter des durch die Sonne schon lange getrockneten Sandes.

Der Lärm von planschenden und spielenden Kindern, Stimmen von sich sonnenden und schwimmenden Bewohnern des Ortes heißen Abraham wieder willkommen in der Wirklichkeit. Doch er will noch nicht den Geräuschen da draußen folgen. Er geht seinen inneren Gedanken nach: Was würde dieses Meer, dieses unendliche Wasser mit einer Flaschenpost machen? Führen die Wellen diesen Gruß an ein bestimmtes Ziel? Geben die Wellen diesem Gruß eine Chance zum Überleben? Was machen die Wellen aus diesem Gruß? Wird dieser Gruß vom ewigen Auf und Nieder am Ende so durchgeschüttelt sein, dass sein Sinn entstellt ist? Kann dieser Gruß ersticken, wenn Wasser in die Flasche eindringt?

Das Meer könnte so viele Antworten auf so viele ungewisse Fragen geben. Doch bei Sturm brüllt es nur. Und bei ruhigem Wetter flüstert es so leise, dass man nichts mehr versteht. Bei Flut kommt es mit drohenden Schritten auf einen zu. Und bei Ebbe zieht es sich feige wieder zurück. Abraham wird vom Meer alleine gelassen. Mit seinen quälenden Fragen lässt es ihn in der Brandung hängen, behält all seine Geheimnisse in den Wellen verborgen. Das Meer kann so laut sein und ist doch so stumm. Abraham hat das Gefühl, es schreit ihm ständig ins Ohr und sagt nichts.

8 *Ich verstehe.*

Der einsame Vogel in dem einsamen Garten beflügelt Abraham. Er steigt immer weiter nach oben, die Gassen werden immer enger, gehen am Ende in Treppen über. Vor den Resten eines alten Kastells bleibt er stehen. Die verfallenen Gemäuer sind beredte Zeugen der Vergangenheit. Ob der Geist der Jahrhunderte nachdenklich durch den kleinen Pinienhain gewandelt ist, fragt sich Abraham. Die Bäume bleiben stumm. In den alten Mauerresten findest du Antworten, wenn du genau hinhörst. Sie können dir viel sagen, über die Gegenwart, über die Zukunft.

Abraham erschrickt aus seinen Gedanken. Gleich neben ihm, auf einer Steinbank, fast schon zur Ruine geformt, sitzt ein alter Mann. In einiger Entfernung bellen ein paar Hunde. Der Mann liest in einem Buch. Abraham sieht, dass er ihn nicht bemerkt hat.

Er setzt sich ihm gegenüber auf einen mit Moos und Flechten bewachsenen Stein und beobachtet ihn, den alten Mann, der ganz in die Worte seines Buches versunken ist. Zufrieden und glücklich, so sieht es aus. Sein langes Leben hat ihm wohl viele schöne Seiten beschert. Ich würde gerne an seinem Glück teilhaben, denkt Abraham.

In diesem Augenblick schaut der alte Mann kurz auf, blickt für den Bruchteil eines Momentes Abraham an. Nickt ihm fast unmerklich mit seinem Kopf zu, kaum sichtbar, eher spürbar.

Danke, alter Mann. Ich habe dich verstanden, du bist nicht alt, du wirst nie alt.

9 Während Abraham am Strand liegt, muss er an den alten Mann und das Meer denken. Er fühlt sich jetzt schon alt. Am Horizont zieht langsam ein Segelschiff vorbei, auf dem Weg zu neuen Ufern. Abraham ist immer noch an den alten und kommt nicht weiter. Der Sand rieselt ihm durch die Finger. Obwohl von der Sonne erwärmt, fällt er kalt von seiner Hand. Er findet nicht das Sandkorn, das die Gedanken reifen lässt, sie fühlen sich alle so gleich an.

Eine Flasche Wein, ein Kanten Brot, ein Stück Käse, ein paar Oliven befriedigen Bedürfnisse, machen lediglich satt. Der Hunger bleibt. Einige Sandkörner knirschen zwischen Abrahams Zähnen, sind wie Hemmungen im Getriebe der Gedanken. Größere Steinchen hat er schon vorher aussortiert, sie liegen wie Blei in seinem Magen. Wie Teerklumpen auf den Felsen in der Brandung kleben sie in seinem Kopf fest. Überziehen alles Transparente, alles Klare, alles Schöne.

10 Abraham ist am höchsten Punkt des kleinen Städtchens angekommen. Höher geht es nicht mehr. Weiter auch nicht. Unter ihm ist nur noch das Meer, zweihundert Meter tiefer.

Jetzt, in diesem Augenblick sich einen Menschheitstraum erfüllen können, fliegen. Und dann eintauchen bis zum glasklaren Grund des Meeres. Eine Möwe holt Abraham zurück. Ich danke dir, Möwe Jonathan, will er ihr zurufen. Sie zeigt ihm nur noch, wie sie über den Horizont fliegt, diesen überwindet. Wie heißt es doch gleich? Richtig, einsamer unendlicher Himmel, hinter dem Horizont erscheint ein neuer Anfang. Abraham erkennt ihn, greift ihn. Die Möwe hat ihm den Weg gezeigt.

Ruhig, ausgeglichen, glücklich steigt Abraham die ausgetretenen Stufen wieder hinab. Zwei Nonnen, in ein stummes Gebet versunken, begegnen ihm. Sie schauen ihn nicht an, und doch verstehen sie ihn. Beim Umdrehen bemerkt Abraham, wie die beiden über ihn reden. Sein seelisches Gleichgewicht muss wohl zu spüren sein.

11 Die Sonne verliert langsam an Kraft. Der Wind vom Meer wird kühler. Abraham fröstelt. Zwei Möwen fliegen direkt über ihm. Kreischen ihn an. Lachen ihn aus. Machen sich lustig über ihn. Und über seine Midlife-Crisis.

Eine der Möwen kackt auf „50". Abraham scheißt drauf.

Auf sein Alter. Ich brauche keinen, der mir sagt, wo es langgeht. Das Meer zeigt es ihm. Vor und zurück, zurück und vor, vor und zurück. Unverrückbar, an der gleichen Stelle, immer auf der gleichen Welle.

Die Sonne verliert immer mehr an Kraft. Sie verzieht sich trotzig hinter den Hügel mit dem alten Kastell. Abraham will ihr folgen. Untergangsstimmung, ihm fehlt schon seit Stunden die Kraft.

12 Neben einem Fenster im ersten Stock auf einer dieser hin- und herziehbaren Leinen hängt Wäsche. Noch ziemlich nass. Sie tropft auf den Gehweg, der Abraham wieder abwärts führt. Es sind keine steten Tropfen.

Abraham geht in Richtung Strand, möchte sich einfach nur hinlegen und ewig träumen. Von Dingen träumen, die in Erfüllung gehen. Doch wenn sie Wirklichkeit werden, ist man am Ende um diese Träume ärmer. Träume lassen sich nicht erzwingen, solche Träume bleiben immer Träume. In Erfüllung gehen Träume, die nicht erzwungen sind, dann erlebt man sie … Abraham verzettelt sich in seinem Gedankenknäuel.

Er kommt an einem Tor vorbei, das schmiedeeiserne, von der Meeresluft an vielen Stellen schon verrostete Gitter steht offen. Ein verwittertes Messingschild neben dem Eingang weist auf seinen Besitzer: *Tipografia*. Abraham tritt, ohne anzuklopfen, ein. Es riecht nach Druckerschwärze. Regale voller Setzkästen, von oben bis unten mit Lettern aus Blei, mit Klischees, mit Signets, mit Tiegeln, mit Druckplatten. Ein Kabinett der Druckkunst. Ein Relikt aus einer Zeit, als Drucken noch als Kunst galt. Herübergerettet in unsere Zeit.

Ein zahnloser Mann, eine Pfeife zwischen den von kurzen Bartstoppeln umgebenen Lippen, versucht Abraham etwas zu erzählen. Er schaut den Mann an, schaut seine Werkstatt mit bewundernden Augen an. Abraham versteht kaum ein Wort, lediglich Wortfetzen, und die sind noch im

Dialekt der Gegend.

Mit seinen von schwarzer Druckfarbe verschmierten Händen nimmt der Mann von einer der Ablageflächen eine Schablone, schlurft vier, fünf Schritte zu einem Setzkasten und fügt Blei an Blei, Buchstabe an Buchstabe zusammen. Er spannt den Bleisatz in seine kleine Handdruckmaschine, legt ein Blatt Papier ein und dreht langsam das Kurbelrad. Lächelnd gibt der Mann Abraham das Blatt. Mit großen Kinderaugen liest er den makellos gedruckten Satz.

13 Die Wellen in der kleinen Baia dell'Innamorata umspülen Abrahams Füße. Er denkt immer noch an die letzten Worte, die er kurz vor seiner fluchtartigen Abfahrt vor 24 Stunden von ihr hören musste: *Mit uns, das wird nicht mehr.*

Der fast volle Mond wirft sein Licht auf das bedruckte Blatt Papier, das ihm der alte Drucker geschenkt hat. Abraham lässt sich in den weichen Sand fallen. Er liest wieder und wieder den Satz: *Se vuoi, se puoi, sará.*

Bis er einen Traum erlebt. Das Meer flüstert ihm leise zu: *Wenn du willst, wenn du kannst, dann wirds.*

(2000)

Die Geschichte Mit uns, das wird nicht mehr *erschien 2004 erstmalig in der Anthologie „Manipulation" der „Eremitage 9" des Forums Literatur im Peter Valentin Verlag, Ludwigsburg.*

Spuren im Schnee

In der letzten Nacht hat es eine Spur zu viel geschneit. Der erste, der dies am frühen Morgen wahrnehmen sollte, ist auf dem Weg über die Felder. Über die Felder, die kurz hinter seinem kleinen Häuschen ganz am Rande der Stadt beginnen. Dort, wo die Stadt schon gar keine Stadt mehr ist, sondern mehr und mehr ihren ländlichen Charakter zum Ausdruck bringt. Dort, wo sich Fuchs und Hase fast noch jeden Abend „gute Nacht" sagen. Und die sich dann am nächsten Morgen auch freudestrahlend wieder begrüßen. So steht es in Märchen. Und in diesem Falle ist es auch wie in einem Märchen. Derjenige, der hier am frühen Morgen auf dem Weg in die Felder läuft, glaubt, dass er wie in einem Schlaraffenland lebt. Mit einigen Einschränkungen – doch als er vor etwa einem Jahr hierher gezogen ist, war es wie ein kleines Paradies, das ihn hereinließ. Jeden Morgen, jeden Abend, für eine Stunde, öffnet er die Pforte zu diesem kleinen Paradies, schließt beim Gehen seine Haustüre nur unzureichend ab, und los geht es für ihn.

Unterwegs ist er allerdings nicht alleine, er geht mit seinem Hund, einem Kromfohrländer. Mit ihm geht er sowohl in aller Herrgottsfrühe, lange vor seinem üblichen Aufbruch ins Büro, und am späten Abend, sozusagen als bewegter und beweglicher Schlaftrunk vor dem Zubettgehen. Meist gehen Herrchen und Hund den gleichen Weg. Ungefähr diese eine Stunde lang, je nachdem, wie intensiv der Hund seine Freunde begrüßen muss oder irgendwelche Spuren verfolgt, also seine tägliche Hundezeitung liest.

Sowohl Herrchen als auch Hund müssen nun heute Morgen feststellen, dass es über Nacht, also nach ihrem letzten Gang über die Felder gestern Abend, wirklich diese eine Spur zu viel geschneit hat. Weil die Spuren, die sie gestern zu später Stunde hinterlassen hatten, aus dem Blickwinkel des Herrchens nicht mehr zu sehen sind und aus dem Riechwinkel seines Hundes nicht mehr zu lesen sind.

Unberührter, jungfräulicher Boden, das Feld liegt wie mit einem straffen, glattgezogenen weißen Laken überzogen vor ihnen. Frisch gestärkt, obwohl sich der Schnee in dieser frühen Morgenstunde locker, weich und pulvrig anfühlt.

Für den Kromfohrländer wäre es im Grunde genommen eine ideale Voraussetzung, auf Spurensuche zu gehen. Auf die Suche nach den Spuren, die ihm gestern Abend so spannende Geschichten erzählt haben. Und von denen er heute nicht glauben mag, dass er in der Morgenzeitung keine Fortsetzung mehr darin findet. Jetzt heißt es, sich Schritt für Schritt durch eine Oberfläche zu wühlen und zu schnüffeln, um die einzelnen Seiten seiner Zeitung zu finden. Weil ja die tägliche Erfahrung immer wieder aufs Neue zeigt, dass die beiden am Abend zuvor nie als letzte Feldgänger unterwegs sind, bevor sie wieder zur Nachtruhe den Weg nach Hause finden; sprich, die neuen, noch nicht wahrgenommenen Ereignisse des Vorabends erst am nächsten Morgen nachzulesen sind. Wie es ja sein Herrchen, das kann der Hund ja nach fast jedem Morgenlauf beim anschließenden Frühstück erkennen, auch beim Blick in seine Zeitung tut.

Beim ersten Anblick über das Feld heute Morgen liegt die Landschaft, liegt das Feld wie ein unbeschriebenes Blatt vor ihnen. Was bleibt also anderes übrig, als neue Spuren zu legen? Und jeder der beiden macht es auf seine Art.

Der Zweibeiner legt sie gradlinig, in regelmäßigen Abständen, konsequent mal links, mal rechts, jeder einzelne Abdruck rund fünfundvierzig Zentimeter lang in den Neuschnee. Ziemlich einfallslos, ziemlich langweilig, ziemlich nichtssagend, immer einen Schritt vor den anderen; im Grunde wie eine Zeitung, die Herrchen, wenn sie wieder daheim sind, lesen wird, eine Seite nach der anderen, einen Artikel hinter dem nächsten.

Der Vierbeiner hingegen geht der Sache sehr viel tiefer auf den Grund. Obwohl es für einen genauen Beobachter keine klare Linie zu erkennen gibt. Der Kromfohrländer taucht hier mal ab, prescht da mal einige Abschnitte weiter vor, bohrt dort mal nach, überfliegt an anderer Stelle mal wieder ganze Passagen. Da ist nichts Zielstrebiges, nichts Durchdachtes, nichts Geregeltes dahinter, wenn jemand die Spuren verfolgen würde. Das gesamte Feld ist quasi kreuz und quer beackert worden. Überall hat der Hund seine Pfoten in den Schnee gesetzt, hat mit seiner Schnauze Mäander von Spuren gelegt, an anderer Stelle hat er sich wild gewälzt. Früher als Kinder haben wir es Schnee-Engel genannt. Wer weiß, was der Hund dabei empfindet, wenn er seine Abdrücke im Schnee sieht? Wäre doch schön, wenn es im Hundehimmel auch Engel gäbe! Jedenfalls ist es ein heftiges Durcheinander, was der Kromfohrländer dort im Schnee geleistet hat. Es ist aber auch verdammt noch mal kaum was Nennenswertes zu Tage getreten; ständig auf der Suche nach irgendwelchen neuen Erkenntnissen, die dann im übertragenen Sinne im Sande verlaufen sind. Der Hund tut es auf seine Weise, er verläuft seine gesammelten Erfahrungen im Schnee. Also, vollkommen im Gegensatz zum Herrchen, der ganz genau sein Feld abgesteckt hat mit seinen Fußspuren, hat der Hund neue Fährten gelegt, die für seine Kolleginnen und Kollegen wiederum den einen oder anderen Artikel für deren Zeitung ergeben dürfte. Sicherlich nichts Spektakuläres, doch immerhin etwas Vorzeigbares. Zumindest dürfte es den anderen nicht langweilig werden, was sie heute Morgen erfahren. Hin und her, rum und num, alles in allem eine brauchbare Markierung, um seinen artverwandten Kolleginnen und Kollegen zu zeigen, wo es langgeht.

So würde möglicherweise der Mensch denken, ganz im Gegensatz zum Hund. Die Freundin des Kromfohrländers nämlich, sie würde dies ganz anders sehen. Der hübsche, gut gebaute Dobermann – oder ist es die hübsche, gut gebaute Doberfrau oder gar die hübsche, gut gebaute Dobermännin? – egal, Kromfohrländers heimliche Liebe weiß sehr wohl, was sie von seinen Spuren halten soll. Oder darf. Es gibt ja schließlich auch in den menschlichen Zeitungen diese ewigen Fortsetzungsromane, die von Liebe, von Leidenschaft, von Zuneigung und Glück schreiben. Warum soll nicht auch ein Kromfohrländer seine Geschichte in den Schnee stapfen? Grund genug hat er ja, ist es doch für ihn so was wie eine heimliche Liebe, obwohl sein Herrchen wohl schon erkannt haben dürfte, dass es gar nicht mehr ganz so heimlich ist. Schließlich gehen die beiden, also der Kromfohrländer und die Dobermännin, doch inzwischen oft genug gemeinsam durchs Feld, manchmal sogar über die Grenze hinaus, um im dahinter beginnenden Wald im Unterholz das eine oder andere Spielchen zu machen. Nichts Unanständiges natürlich, dazu kennen sie sich auch noch nicht lange genug, doch diese Techtelmechteleien dürften dem Herrchen bestimmt schon aufgefallen sein. Und dem Frauchen seiner Dobermännin ebenfalls, zumindest hat sie gegenüber dem Herrchen schon die eine oder andere Andeutung gemacht; nicht nur in Bezug auf die beiden Hunde, nein, auch in Beziehung zu Frauchen und Herrchen. Doch die gehen ja nicht ins Unterholz, sondern immer nur brav am Rande des Feldes entlang. Ganz schön langweilig, aus Sicht eines Hundes.

Eigentlich müsste die Dobermännin doch schon längst auf der Piste sein? Mit ihrem Frauchen. Die mit ihm seit etwa zwei, zweieinhalb Monaten immer häufiger zur etwa gleichen Zeit, morgens allerdings nicht ganz so konsequent, abends jedoch ziemlich regelmäßig, das gleiche Revier betreten. Den beiden Damen wird es doch heute Morgen nicht zu kalt sein?!

Nun denn, weiter durch das unberührte Feld, über die unberührten Seiten der heutigen Hundezeitung, vielleicht kommt ja seine neue Freundin noch? Irgendwo muss es doch auch ohne sie noch was Interessantes zu entdecken geben! Herrchen hat es gut, der kann nachher in der gemütlichen Wohnung vor der Heizung sitzen und seinen Leseabenteuern nachgehen, schön im Sitzen und im Warmen.

Sein Kromfohrländer hingegen muss sich durch die kalten Massen von Neuschnee wälzen, um an seine Geschichten zu kommen; sowohl an alte als auch an neue. Die Spuren von gestern Abend sind ja allesamt verschwunden, es riecht nach frischem, jungfräulichem, unmarkiertem und auch leise rieselndem Schnee. Und um tagesaktuelle Spuren entdecken zu können, friert sich der Hund ja fast die Nase ab, um letztlich festzustellen, dass die hartgefrorene Erde unter der weißen, weichen Masse so gut wie überhaupt keine Neuigkeiten bietet.

Der knapp einstündige Morgenlauf der beiden Nicht-Wind-nicht-Wetter-Scheuenden ist jetzt auch schon wieder so gut wie beendet. Von dem Wendekreis, der das Ende der kleinen asphaltierten Straße des westlichen Wohngebietes markiert und rechts davon in einen holprigen Feldweg mündet, sind es nur wenige Schritte bis zu dem Häuschen, das die beiden bewohnen. Doch heute ist sogar der Asphalt vom Schnee verschluckt; weder Schuhe noch Pfoten noch Reifen noch Kufen haben irgendwelche Spuren hinterlassen und verschandeln die Oberfläche, bis auf die der beiden Morgengänger vom Hinweg aufs Feld vorhin. Doch auch die sind, also die Spuren, von den fortwährend fallenden Schneeflocken langsam schon wieder zugedeckt. Sogar das letzte Stück des holprigen Feldweges hat heute überhaupt nichts Holpriges an sich, glatt wie ein weißer Watteteppich passt er sich dem Rest der Landschaft an.

Sprich, weder eine Gesprächspartnerin oder auch ein Gesprächspartner für Herrchen, noch ein Lesegenosse oder eine Lesegenossin für den Hund haben sich heute Morgen auf den Weg ins Feld gemacht. Ein aufmerksamer Beobachter, den es jedoch zu dieser frühen Morgenstunde noch nicht gibt, hätte, allerdings nur aus der Vogelperspektive, die durch den soeben heftiger einsetzenden Schneefall jetzt allerdings zwangsläufig sehr stark eingeschränkt gewesen wäre, eine sehr eigenwillige Konstellation von Spuren entdecken können. Rund um das rechteckige Feld, sauber, klar am Rand entlang, sind es die gleichmäßigen, ausladenden Spuren mit dem scharfen Profil von dicken Winterstiefeln – in exakten Maßen und Abständen. Wohingegen sich mitten im Feld kuriose Zeichnungen magischer Verflechtungen erkennen lassen; moderne Kunst, die diesem imaginären Betrachter eine Fülle von Rätseln aufgegeben hätte, ein wirres Durcheinander von nicht identifizierbaren Symbolen und Figuren, Formen und Verläufen. Mit dem Fazit, dass ein Chaos nicht immer einem System folgen muss.

Zu Hause angekommen, während es sich die beiden am Frühstückstisch gemütlich gemacht haben, Herrchen bei einer wohlduftenden Tasse Kaffee, der Hund neben, fast unter dem Tisch auf seiner zotteligen Decke liegend, konnten sie gegenseitig feststellen, dass jeder auf seine Art nach diesem Morgenlauf enttäuscht ist. Für den Hund ist diese letzte Stunde, ganz klar, ein absolut uninteressanter, ereignisloser und nichtssagender Ausflug geworden. Sozusagen eine reinweiße, unbedruckte Zeitung. Für sein Herrchen sollte das jetzt stattfindende Frühstück der Beginn eines absolut langweiligen Tages werden, eines Sonntages ohne aktuelle Tageszeitung; ein ebenso uninteressanter, ereignisloser und nichtssagender Morgen kündigt sich für ihn an.

Doch zu dieser gemeinsamen Feststellung konnte es gar nicht kommen, da Herrchen und Hund beide ihre Augen geschlossen haben und vor sich hinträumen. An diesem märchenhaften, verschneiten Sonntagmorgen mussten sie einfach ihren Gedanken freien Lauf lassen.

Der Hund denkt gerade an die Geschichte von zwei seiner Artgenossen, die jeder für sich der Fährte eines Feldhasens folgen, kurioserweise des gleichen Hasens. Der eine Hund wittert eine Spur, die von dem rechten Rand eines Feldes im Zickzack Richtung Mitte führt, der andere Hund folgt von links einer weiteren Spur, die die andere bald kreuzen wird. Und wie das manchmal ist in so wunderbar verträumten Geschichten, stoßen die beiden, weil sie ständig mit ihrer Nase im lockeren Tiefschnee schnüffeln, mit ihren Schnauzen aneinander. Beide schrecken hoch, schauen sich verwundert an und beschnüffeln sich nach dem ureigensten, seit Hundegedenken bestehenden Ritual ...

Das Herrchen spaziert gerade gedankenverträumt in Begleitung einer attraktiven Frau über ein Feld, das vom lockeren Neuschnee wie von Zuckerwatte überzogen aussieht. Vor ihnen erleben die beiden unberührte Natur, hinter ihnen fügen sich vereinte Spuren, parallel und eng nebeneinander, Schritt für Schritt. Am Feldrand entdeckt er mit einem Male, nur ganz wenig aus der Schneedecke hervorlugend, ein Dickicht von Blumen. Er pflückt und überreicht seiner attraktiven Begleiterin mit seinem charmantesten Lächeln einen wunderschönen Strauß – Eisblumen ...

In der letzten Nacht hatte es eine Spur zu viel geschneit. Das führte an diesem frühen Morgen dazu, dass die Welt plötzlich ganz anders wurde. Vertrautes, täglich Erlebtes, ständig Wiederkehrendes sollte mit einem Male verlorengehen. Tatsachenberichte, auf die sich Mensch und Hund tagtäglich stützen, an denen sie sich jeden Tag aufs Neue orientieren, hatten von jetzt auf nachher keine Bedeutung mehr. Sie gehen unter im Dickicht der Massen, der Schneemassen. Der Mensch wurde irritiert, der Hund wurde orientierungslos. Das macht nachdenklich.

Wer Märchen kennt, wird die Geschichte von der innigen Liebe eines Kromfohrländers zu seiner Dobermännin mögen, die sich bei ihrer ersten Begegnung zehn Zentimeter unter der Schneeoberfläche so nahe kamen, dass sie gar nicht anders konnten, als sich gleich bei diesem ersten Mal zu küssen.

Und wer auch noch an Märchen glaubt, weiß von der Geschichte eines Mannes, der bei einem Spaziergang im Schnee einer Frau mit einem riesigen Strauß Eisblumen das Herz erwärmte; nicht, wie uns üblicherweise heute Berichte weismachen wollen, unter der Bettdecke.

(2005)

Der Steiger von Flöz Ü

Wir schreiben das Jahr 1966. Das Jahr, in dem ich sitzengeblieben bin. Mein Leben damals hatte es nicht maßgeblich beeinflusst. Es geschah in einem sogenannten Kurzschuljahr, sprich, die Versetzungszeugnisse gab es statt zu Ostern künftig vor den großen Ferien im Sommer. Noch nicht mal ein halbes Jahr lang die Wiederholung der Klasse, was war das schon! Mir hats nicht weh getan, im Gegensatz zu meinen Eltern. Sie waren schockiert, für sie war es peinlich, dass ihr einziger Sohn bereits in der Schule gescheitert musste. Was soll da später noch aus ihm werden können?

Ich war happy, obwohl dieses Wort zu dieser Zeit noch nicht zum umgangssprachlichen Wortschatz der Jugend gehörte, Anglizismen waren noch nicht flächendeckend „in". Also war ich lediglich froh, nach diesem Schuljahr nicht mehr zurückzumüssen in meine alte Klasse; nicht wegen meiner Schulkameraden, nein, wegen der Lehrer. Die mich nicht leiden konnten wegen meiner pubertären Ausbrüche. Und die ich, wann und wo es nur ging, während des Unterrichts mit heftigen Ausdrücken provoziert hatte. Ich blieb also sitzen, mit sieben Fünfen und einer Sechs. Ein tolles Exempel hatten sie statuiert, die Lehrer! Dass sie letztlich am längeren Hebel saßen, war klar. Doch das Ziel, dass sie mich mit diesem Zeugnis, mit diesen Noten von der Schule verweisen wollten, ging nicht auf. Durch die Umstellung während des Kurzschuljahres gab es keine Zwischenzeugnisse und auch keine blauen Briefe, die mich bzw. meine Eltern hätten vorwarnen können.

Ich wiederholte also die Klasse, schloss das Schuljahr als Drittbester ab; nicht mal eine Vier war mehr dabei – für einen durchschnittlichen Schüler, als der ich galt, nicht schlecht. Klar, ich hatte die Klasse wiederholt. Klar, ich hatte auch das Schuljahr davor trotz meines Verhaltens mehr oder weniger aufgepasst im Unterricht, allerdings passiv. Und auch klar, ich war nicht unbedingt dumm, sondern das Jahr zuvor schlichtweg faul, lustlos, renitent.

Doch der gute Abschluss zum Sommer hin lag auch an den neuen Lehrern. Vor allem an einem, der es einfach „drauf" hatte. Der neue Deutschlehrer, Heinz Krawatter, für uns Schüler ein richtiger, ein echter Kumpel.

Ein drahtiger, kleiner, recht gedrungener Mann, vielleicht Mitte vierzig, muskulöse Oberarme, die aus einem kurzärmligen Hemd wie Knackwürste herausragten – mein erstes Bild von ihm, als er am zweiten Schultag nach den kurzen Osterferien das Klassenzimmer mit energischen Schritten betrat. Mit einem schnellen Griff nach hinten mit seiner freien linken Hand bekam die Tür einen kräftigen Schlag und knallte kurz danach unüberhörbar ins Schloss. Beim Zuknall stand er bereits seitlich neben dem Pult und warf mit einer lässigen Bewegung seine dünne und schon leicht abgewetzte Aktenmappe auf die Oberfläche des Lehrertisches. „MORJN LEUTE!", brüllte er ins Klassenzimmer. Seine wachsamen Augen, kaum sichtbar hinter den Schlitzen zwischen Ober- und Unterlid, denen, wie wir im Laufe des kurzen Schuljahres feststellen konnten, nichts, aber auch gar nichts entging, wanderten von rechts nach links, wieder zurück, immer hin und her. Wenn sie dann, was selten geschah, mal richtig geöffnet waren, stachen sie durch stahlblaue Pupillen aus einem unwettergegerbten Gesicht hervor.

Etwas zögernd, fast schon eingeschüchtert, tönte unser „Guten Morgen" zaghaft und verhalten durch die Atmosphäre einer angespannten Neugier und Zurückhaltung, die sich im Klassenzimmer breitmachte. Ein Donnerhall schallte kurz darauf aus dem schmalen Mund, der durch einen buschigen, aber korrekt geschnittenen Schnauzbart seinen Weg suchte, des allerhöchstens einmeterfünfundsechzig kleinen Mannes vor uns: „MORJN MÄNNER, KRAWATTER MEIN NAME, HEINZ KRAWATTER, AB HEUTE IHR DEUTSCHLEHRER! ICH HOFFE, SIE HABEN MICH VERSTANDEN?!"

Noch bevor er unser Echo abwartete, drehte er sich abrupt um, ging die zwei Schritte zur Tafel, fingerte ein Stück Kreide von der Ablagefläche und kratzte mit diesem typisch unangenehmen Geräusch, das Kreide auf Schiefer verursacht und eine tierische Gänsehaut beschert, seinen Namen auf die Tafel. Während er schrieb, brüllten wir ihm in Kompaniestärke bereits unser respektables „GUTEN MORGEN HERR KRAWATTER" entgegen, das er ohne eine Miene zu verziehen, lediglich mit einem kaum erkennbaren Kopfnicken beantwortete. Dieser etwas ungewöhnliche erste Dialog zwischen Lehrer und Schülern wurde der Beginn einer Freundschaft, vielleicht eher einer Kameradschaft für ein ganzes Schuljahr, das allerdings bedauerlicherweise nur weniger als ein halbes war.

Ich glaube, uns allen stand der Mund offen, zumindest hielt jeder von uns in der Klasse nach unserem Breitwandbrüller den Atem an, als er uns stakkatohaft mit polternder Stimme erklärte, dass er nun als fertiger Lehrer erstmals eigenständig seinen Unterricht aufnahm, dass seine Zeit als Referendar ein Ende hatte und – und das war die überraschendste Aussage unseres gesamten Schülerdaseins überhaupt – dass er, bevor er mit dem Studium der Pädagogik und Germanistik angefangen hatte, bis zu seinem 37. Lebensjahr Steiger war. Hieß, dass er als Bergmann im Untertagebau tief unterhalb von Gelsenkirchen-Buer, Steinkohle mit der Spitzhacke hauend, mehrere Hundert Meter unter der Erdoberfläche gearbeitet hatte. Ohne Ausbildung als Jungmann angefangen, wurde er irgendwann zum Schlepper und brachte es durch einen Lehrgang dann zum Hauer. Aufgrund seines ausgeprägten intellektuellen Charakters, so war seinen weiteren Äußerungen zu entnehmen, obwohl er dies nicht explizit zum Ausdruck brachte, konnte er sich durch eine Zusatzausbildung zum Steiger hochdienen. Es war der Beginn einer Karriere, die ihn zu einem Grubenbeamten gemacht hätte.

Doch dazu sollte es nicht mehr kommen. Durch einen

Grubenunfall, bei dem ein Schacht zusammenbrach, und dass aufgrund der unterbrochenen Frischluftzufuhr dabei seine Lunge in Mitleidenschaft gezogen wurde, musste er diesen Beruf aufgeben. Ein typischer Fall von Staublunge, wie er lakonisch bemerkte. Sein für Grubenarbeiter dann doch außergewöhnlich hohes geistiges Potenzial konnte er nach einer längeren Genesungszeit sinnvoll einsetzen. Aus dem angehenden Grubenbeamten wurde letztlich ein Lehrbeamter. Wir Schüler hatten von dieser ersten Minute an einen Wahnsinnsrespekt vor unserem Lehrer, vor diesem durch jahrelange harte Arbeit geprägten Menschen, der es geschafft hat, mit einem enormen Ehrgeiz, wie wir ihm unterstellen mussten, als ehemaliger Steiger und jetzt Quereinsteiger in einem relativ hohen Lebensalter alle Hürden eines Lehrberufes zu meistern, um dann als Deutschlehrer vor unserer Klasse zu stehen. Ja, Steiger in Flöz Ü, wie er scherzhaft äußerte, war seine alte Heimat.

Im wahrsten Sinne ein richtiger Kumpel, der er im früheren Leben für seine Kollegen unter Tage war, und der er im jetzigen Leben nun für uns wieder werden sollte. Und auch wurde.

Wir waren gespannt auf seinen Unterricht, und nachdem die erste Stunde mit unserem neuen Deutschlehrer Heinz Krawatter zu Ende ging, diskutierten wir in der darauffolgenden Pause über nichts anderes als ihn, seine Vergangenheit und was uns die Zukunft mit ihm bringen würde. Eines war uns vom ersten Augenblick an klar: Klein von Statur, machte er sein äußeres Erscheinungsbild durch eine gewaltige Stimme wett. Und, und das imponierte uns am meisten, er kam uns hemdsärmlig entgegen, nicht im Anzug, wie sich üblicherweise die Lehrer vor uns aufbauten. Die einzige Bemerkung, die mir aus der damaligen erhitzten Diskussionsrunde auf dem Schulhof eins zu eins in Erinnerung blieb, war die eines Mitschülers, der meinte, endlich mal 'n Typ, der keine Krawatte trägt. Daraufhin bemerkte sein Nachbar, dass er das Ding ja schon in seinem

Namen trägt, das reicht doch vollkommen aus.

Der Deutschunterricht nahm seinen Lauf. Für mich war ja das meiste eine Wiederholung, vor allem in Grammatik, worin ich von Haus aus schon sattelfest war und mir so leicht keiner ein X vor ein U setzen konnte. Als sehr viel spannender betrachtete ich voller Erwartung das Thema Literatur und Dichtung. Leider blieb es dabei auch bei den unspektakulären Wiederholungen und den üblichen Verdächtigen, die, bedingt durch den Lehrplan, durchgekaut werden mussten. Kleists Zerbrochener Krug war ebenso vertreten wie die im wahrsten Sinne des Wortes untröstlichen Leiden des jungen Werther. Allerdings wurden sie etwas bereichert durch eine neue Form des Leidens: Joseph Roth mit Hiob wurde zu einer interessanten, jedoch gewagten Parallele herangezogen. Ob ich sie damals bereits als gewagt angesehen hatte, wage ich heute noch zu bezweifeln. In den 1960er Jahren einen zwar zeitlosen, dennoch gesellschaftspolitisch äußerst brisanten Literaturbeitrag im Rahmen des Deutschunterrichts zu behandeln, dazu gehört auch noch aus heutiger Sicht eine große Portion Mut. Zumal ich mir bis heute nicht sicher bin, ob dieser Stoff überhaupt im Unterrichtslehrplan vorgesehen war.

Ob der Titel des Romans allerdings zum damaligen Zeitpunkts des Unterrichts bereits ein unbewusstes Omen auf den weiteren Verlauf meiner Schulzeit nehmen sollte, darüber kann ich im Nachhinein nur spekulieren. Auszuschließen ist nicht, dass unser allseits gefürchteter und gleichzeitig ge-, nein, beliebter Deutschlehrer Heinz Krawatter irgendwie schon sein weiteres Schicksal vorhersah. Und vielleicht schon im Laufe seines Unterrichts uns Schülern, ohne dass wir uns dessen bewusst werden konnten, ein vorausschauend mahnendes Zeichen setzen wollte. War der Roman Hiob aus des Lehrers Sicht ein Versuch, den Wunsch und die Vorstellung, nach seinem Unfall seinem Leben einen neuen Sinn zu geben und im Unterricht zu verarbeiten, obwohl er dann an dessen Erfüllung nicht recht glauben konnte? Trotz des Kurzschuljahres wurde es am Ende der verkürzten Ferien, besser zu Beginn des nächsten Schulhalbjahres, dann doch zu der nicht erwarteten, gewaltigen Hiobsbotschaft, die niemand vom Direktorium der Schule auch nur mit einem einzigen Wort offen ausgesprochen oder jemals erwähnt und kommentiert hatte.

Zurück zum Unterricht mit Herrn Krawatter: Jede Deutschstunde mit ihm wurde von seiner Seite zu einem lautstarken, polternden Getöse, das von unserer Seite zeitweise wirklich nur mit offenem Mund, wie bereits zur ersten Stunde, mucksmäuschenstill aufgenommen wurde. Leider ließ sich dabei nicht vermeiden, dass der unvermeidliche Stiller ebenfalls behandelt werden musste. Doch am Ende wurde es die Erkenntnis, mehr ging nicht, denn das verkürzte Schuljahr war dann doch schnell vorbei.

In der zweiten Deutschstunde bereits wurde der Unterricht mit und durch Herrn Krawatter zu einem lebendigen Beweis, dass dieser Mensch mitten im Leben stand, auch wenn um ihn herum früher unter der Erde tiefes Dunkel herrschte. Anders als beispielsweise in den Geschichten von Stiller, der sich ja wiederholt darüber auslässt, wie schwierig, um nicht zu sagen, unmöglich es ist, sein wirkliches Leben zu erzählen, weil ihm die Sprache zur Wirklichkeit fehle, gelang es unserem Deutschlehrer, auf plastische und immer wieder aufs Neue spannende Art, sein bisheriges Leben zu schildern. Und das in einer Verbindung zu den Exzerpten innerhalb der von ihm durchgenommenen und behandelten Literatur. Auch wenn ich mich heute kaum noch an vergleichende Details der Romane und dem wirklichen Leben unseres Deutschlehrers erinnern kann, blieb es haften, dass dieser Unterricht zu den besten meiner Schulzeit gehörte. Herrn Krawatter hatte die Fähigkeit, die Arbeit zur Gewinnung der Steinkohle so auf den Dorfrichter Adam oder einen anderen Protagonisten zu fokussieren, dass auch langweilige Literatur uns plötzlich zu interessieren begann. Szenen im Gerichtssaal zu vergleichen mit dem

Ausheben von Schächten, die durch Querschläge zugänglich gemacht werden, klangen aus seinem Munde sehr viel realer und machten eine dumpfe Gerichtsstube zu einem spannenden Förderschacht. Und wenn er Werthers große Liebe, die „darauf aufmerksam macht auf die schöne Wirkung des Mondenlichtes, das am Ende der Buchenwände die ganze Terrasse vor uns erleuchtete, ein herrlicher Anblick, der um so viel frappanter erleuchtete, weil uns rings eine tiefe Dämmerung einschloss", mit dem Auf- und Abhauen von Steinkohle unter dem faden Lichtschein einer Grubenlampe verglich und ebenso romantisch beschreiben konnte, dann gehörte dies schon zu einer ganz besonderen Erzählkunst. Zu einer Kunst, die uns Jugendlichen in diesem Alter wahrlich zu anderen Gedankengängen als das übliche langweilige Deutsch animierte.

Wir bekamen Respekt vor Dichtern und Schriftstellern. Und was genau so entscheidend war, wir bekamen Respekt vor den Kumpeln im Steinkohlebergbau des Ruhrgebiets oder anderswo.

Die Wiederholung der Klasse war für mich, speziell, was den Deutschunterricht anging, eine der schönsten Bereicherungen meines bis dato jungen Lebens. Und sein „Deutsch" sollte auch bis heute in glanzvoller Erinnerung bleiben. Herr Krawatter hat mich gewiss nicht zu einem begeisternden Bergbauarbeiter oder -fan machen können, doch zu einem großen Freund der Literatur. Der Steiger von Flöz Ü – so hätte ich mir jeden Lehrer gewünscht.

Nach Ablauf dieses Schulhalbjahres, mit dem Beginn des nächsten Schuljahres kam Heinz Krawatter nicht mehr an unsere Schule zurück. Keiner hatte je erfahren, warum, nur betretenes Schweigen auf unsere Fragen. Es blieb mit ihm die Erinnerung an die letzten Worte Goethes im Werther: „Handwerker trugen ihn. Kein Geistlicher hat ihn begleitet." – wochenlang waren die Schultage für mich Untertage, nur viel dunkler.

(2006)

> *Mein Haus! Mein Haus am Meer! Auch heute türmen*
> *Die Marmoralpen schimmernde Kastelle*
> *In deinem Rücken auf und draußen breitet*
> *Sich tiefblau, endlos die Thyrrhenerwelle.*
> *Du träumst den Segeln nach, die ferne streichen*
> *Und an den Zauberinseln hängt dein Blick*
> *Die mein Erinnern Tag und Nacht umflügelt.*
> (Isolde Kurz: „Jenseits des Blutstroms")

Bild einer Insel

Kurz nach der „Wende" bin ich rüber. Ein Wort, das ich in An- und Abführung setze. In der Schule nannten wir diese Strichelchen immer Gänsefüßchen, warum, weiß ich bis heute nicht ... Jedenfalls: Als die Mauer zwischen Ost und West fiel und es für Bundesbürger im Westen Deutschlands wieder ungehindert möglich wurde, in den Osten zu fahren, habe ich das auch getan. Also war ich kurz nach der „Wende" drüben.

Übrigens, zu meiner Rechtfertigung, warum ich dieses im Grunde genommen bescheuerte Wort in Gänsefüßchen gesetzt habe: Eben, weil es bescheuert ist. Was hat sich damals bitteschön gewendet? Verändert, anders geworden, vielleicht ein wenig angenähert – diese Begriffe konnte ich noch akzeptieren. Doch die substantivierten Worte dazu würden bei weitem nicht so spektakulär klingen. Demnach blieb nur die „Wende" übrig, ist meine Überzeugung. Bei mir in An- und Abführung, wie es bei den damaligen Zeitungen des Springer-Presseimperiums üblich war, in den Zeiten des zweigeteilten Deutschlands die „DDR" ebenfalls in Gänsefüßchen zu setzen. Das war genau so bescheuert.

Ich fuhr also ungehindert und erstmals in meinem Leben nach Ostberlin, genau gesagt nach Berlin-Karlshorst. Es ist mein Geburtsort. Ich reise in meine Heimat, wie mir meine Mutter, als sie noch lebte, immer wieder glaubhaft zu machen versuchte. Eine Heimat, die ich nicht kannte, in der ich nicht groß geworden bin, in der ich weder Zeiten meiner Kindheit noch irgendwelche anderen verbringen durfte. Andererseits im Nachhinein betrachtet auch nie gewollt hätte. Ich war neun Monate, als meine Eltern, offiziell ohne als Flüchtlinge anerkannt zu werden, 1950 in den Westen Deutschlands geflohen sind. Nach Köln.

Wenig Informationen und so gut wie kein Vorstellungsvermögen hatte ich von meiner sogenannten Heimat, meinem Geburtsort. Den Namen der Straße, die Hausnummer, eine grobe Beschreibung des kleinen Häuschens, in denen meine Eltern als Mieter einer Dachgeschosswohnung damals lebten. Und in etwa das Gleiche wusste ich ebenfalls von Erzählungen über die kleine Klinik einige Straßen weiter, in der ich geboren bin. Dafür, dass dies meine Heimat darstellen soll, bekam ich reichlich wenig von dem mit, wo ich die ersten Monate meines Lebens verbrachte. Und dafür, dass meine Mutter immer dann, wenn das Thema Berlin zur Sprache kam, von ihrer und meiner Heimat sprach, war es doch reichlich dünn, was sie zu erzählen bereit war oder aber auch in Erinnerung behalten hatte, konnte, wollte.

An einem trüben Februartag stand ich nun vor dem Häuschen, in dem ich wohl etwa neun Monate alt wurde. So verkommen, wie es aussah, musste es noch das alte Haus aus der Beschreibung meiner Mutter sein, grauer Putz, der bereits an etlichen Stellen abgeblättert war, ein Holzdach, dem man die Jahre ansah und eher verwittert als solide erschien, Fensterrahmen, die seit dem Bau des Hauses keinen weiteren Anstrich mehr erlebt haben dürften, ein verwilderter kleiner Vorgarten, mehr Müllabladeplatz als Natur. Kurz, nach westlichen Maßstäben wäre dieses Haus längst abgerissen worden. Das Häuschen, in dem ich nach meiner Geburt wohnte, reihte sich in der kleinen Siedlung in die Serie von gleichartigen Gebäuden ein, manche sahen ein wenig gepflegter aus, doch insgesamt waren die schätzungsweise gleich nach dem Zweiten Weltkrieg erbauten „Schachteln" durchweg baufällig und abrisswürdig. Auf der

Straße, in der ich damals kurz lebte, nagte ebenfalls der Zahn der Zeit. Bürgersteige gab es keine, die Fahrbahn, auf der nur wenige Autos, ausschließlich Trabis, standen, nein, ganz am Ende, an der Ecke, verrostete ein inzwischen nicht mehr fahrtüchtiger blassbeigegelber Wartburg, war eine Sandpiste mit Schlaglöchern, in denen trübe Pfützen dümpelten, und einige Reste von Kopfsteinpflaster, wobei die Löcher deutlich überwiegten.

Ich stand vor dem verrotteten niedrigen Gartenzaun, dessen Holzlatten am unteren Ende ausgesprochen morsch waren. Meine Erinnerung an diesen Zaun ist deshalb noch so präsent, weil ich mich fragte, wieso dieser Zaun überhaupt noch aufrecht stehen konnte. Zaghaft bewegte sich mit einem Male in einer der winzigen Fensterluken eine triste, trostlose Gardine ein wenig zur Seite, um meinen Blick auf den Ausschnitt eines Gesichtes zu erlauben, alt, zerfurcht, mit grauen Haaren und, wenn ich es richtig interpretiert habe, mit einem ängstlichen Auge.

Ertappt, wie zum Voyeur verurteilt, lief ich betroffen weiter. Nein, meine Heimat konnte ich nicht erkennen. Auf dem Weg zu der Klinik hörte ich tief in mich hinein, schaute, wenn man so will, in meine Seele, wollte mein Herz fühlen und spüren, was es mir für Takte gab. Doch nichts kam, keine Regung, es öffnete sich kein Türchen, in dem ich die Spur eines heimatlichen Lichtstrahles oder gar eines Gefühles ausmachen konnte. Ich ging, als würde ich auf einen Friedhof gehen, mein Grab besuchen und nicht meine Geburtsstätte. Und als ich vor dem Gebäude stand, war es auch so, wie ich es befürchtet hatte. Ein genau so baufälliges Haus wie alle anderen, die mich auf diesem kurzen Weg begleiteten. Doch diese halbe Ruine empfing mich noch abweisender als das Häuschen, in dem ich kurz lebte. Ein hoher, rostiger Zaun, oben mit Stacheldraht beschwert, versperrte meinen Blick, den befreienden Blick, den ich mir vielleicht gewünscht hätte. Ein Schild zerstörte meine wenigen Illusionen, die ich noch hatte. Aus verwitterten

Buchstaben konnte ich gerade noch herauslesen, dass das Haus als Kaderheim für junge Pioniere der Sozialistischen Einheitspartei diente – höchstwahrscheinlich bis zum Tag der „Wende". Und jetzt stand es leer, einsam, verlassen da. Ein Zerfall, wie er symbolischer nicht hätte sein können.

Dies sollte also meine Heimat sein?!

Meine Heimat? Bis zu meinem Erlebnis dieser „Wende" hatte ich im Grunde genommen überhaupt keine Vorstellung davon, was Heimat heißt, was sie für mich bedeuten kann. Ich weiß es bis heute nicht, doch ich habe erlebt, dass das, was mir meine Mutter als Heimat be- oder umschrieben hatte, nicht meine war.

Meine Kindheit, meine Jugend, Schulzeit, Ausbildung, mein Studium, all diese Zeit, diese Jahre verbrachte ich in Köln. Aufgewachsen dort und, wenn man so will, erwachsen geworden, dennoch nie verwurzelt mit der Stadt. Mit Spreewasser getauft, auch das eine oft erwähnte Äußerung meiner Mutter, wurde ich zwar in der Stadt am Rhein groß, doch nicht alt. Und auch nicht heimisch.

Als ich endlich ernsthaft Geld verdienen sollte – in Brot und Arbeit stand, würde unter Umständen jemand sagen, der seine Heimat gefunden hat – zog ich in den Süden Deutschlands, nach Stuttgart. Zu einem Zeitpunkt, als jeder, der aus einer Gegend nördlich des Neckars kam und südlich dieses Flusses wohnen wollte, ein nicht wirklich gern gesehener Reingeschmeckter war. Als Reingeschmeckter fiel es mir schwer, in diese Stadt reinzuwachsen. Heute, nach über zwanzig Jahren, habe ich mich daran gewöhnt; ich kämpfe ja inzwischen nicht mehr mit der existenziellen Orientierung, eine Heimat finden zu müssen. Ich fühlte mich heimatlos und lebte somit in der, wenn auch zwiespältigen Gewissheit, überall zu Hause sein zu können. Zwiespältig, weil ich mit der Erkenntnis leben lernte, wer überall zu Hause ist, ist nirgends daheim.

Zufall oder Bestimmung? Eines von beiden sollte dann Schicksal spielen, dass ich Jahre nach der „Wende" meine persönliche Wende erleben durfte. Ich sollte dann doch irgendwas wie meine Heimat kennenlernen. Eine Heimat, in der ich in meinem bisherigen Leben noch nie gewesen bin, nichts darüber kannte, wenig darüber gelesen oder gehört hatte. Zumindest erlebte ich so etwas, was ich mit dem Wort Heimat sehr eng in Verbindung bringen konnte. Ich fühlte, dass ich eine Heimat, meine Heimat gefunden hatte.

Ich hielt eines Tages eine mir bis dato unbekannte Fotografie in Händen. Schwarzweiß, mit weißem, unregelmäßig gezacktem Rand, inzwischen stark verblasst, aus dem Jahre 1931. Sie zeigt meinen Vater, in luftiger Sommerkleidung, Sonnenhut mit breiter Krempe, helle Leinenhose, wie es scheint, angelehnt an eine Reling auf einem Schiff, das in einem kleinen Hafenort angelegt hatte. Auf der Rückseite des Bildes standen, mit Bleistift geschrieben, das Datum und der Hinweis, dass das Foto anlässlich einer Überfahrt auf eine kleine italienische Insel gemacht wurde. 55 Jahre später, nachdem mein Vater auf der Insel, ich gehe davon aus, Urlaub machte, betrat ich diese Insel ebenfalls. Ich gebe zu, sehr theatralisch, ich bin ja schließlich nicht der Papst. Als ich die Fähre verließ und erstmals die Erde, den Boden der Insel berührte, kniete ich nieder und küsste sie.

Ich lernte die Insel lieben, ich liebte die Insel auf den ersten Blick, vom ersten Moment an, als ich sie sah, als ich sie betrat. Ich liebe diese Insel heute noch. Sie ist meine Heimat geworden, obwohl ich sie im Jahr einmal, manchmal zweimal für einige Tage, wenige Wochen nur besuche. Jedes Mal, wenn ich sie betrete, meine Insel, fühle ich mich wie neugeboren. Wenn ich das Schiff verlasse, kann ich sagen, ich bin angekommen. Und wenn ich dann meinem Blick übers Meer nachschaue, stelle ich fest, dass ich mehr Ausschauender als Einwohner bin. Überall und immer schon. Weil ich so mehr erfahre über mich, beim Blick aus dem Fenster als in den Spiegel – metaphorisch gesehen.

(2006)

Wieder getroffen

Erst kürzlich traf Paul eine alte Bekannte. Nicht, dass sie alt gewesen wäre im Sinne von betagt. Nein, die beiden haben sich lange nicht mehr gesehen. Sie sind sozusagen in die Jahre gekommen, wie es so schön heißt. Und diese Zeit ist nicht ganz spurlos an ihnen vorübergegangen. Genau genommen sind sie reifer geworden, nicht älter. Doch wie würde sich das anhören, wenn Paul sagt, erst kürzlich hätte er eine reife Bekannte getroffen?

Die Sigrid. Sie sah glücklich aus, das erkannte Paul sofort, nicht so, wie er sie in Erinnerung hatte. Trotz der reiferen Spuren konnte sie es dennoch nicht verbergen, ihr jugendliches Glück. Das musste Sigrid natürlich Paul auch gleich berichten: Verliebt sei sie, frisch verliebt. – Oh, wie schön! – Ja, in einen Afrikaner. – Ah, ein dunkler Typ? – Nein, richtig schwarz ist er.

Doch, Paul freute sich für Sigrid. Ihr Gespräch nach dieser langen Zeit des Nichtbegegnens wollte kein Ende nehmen, nahm auch keine Wende. Es blieb auf einer Ebene, die für Sigrid die glücklichste Phase ihres Lebens bedeutete, so hörte es sich an. Paul war es ganz recht so, konnte er im Grunde genommen auch kaum etwas Positives aus seinem eigenen Leben, aus seinem aktuellen Erleben heraus berichten. Seine eigenen Worte über das, was er Sigrid von sich aus hätte sagen können, wären blass geblieben. Für sie war es in Ordnung so, Sigrid hatte ja ihr Thema, das ihrem Gespräch etwas Exotisches, etwas Farbiges verlieh. Paul hörte mehr zu, als dass er auf Sigrids schillernde Erzählungen etwas zu antworten wusste.

Er heißt genau wie Du, sagte sie. Põ:l allerdings, mit offenem *[õ]* und gedehnt. – Ah, nicht wie Nordpol oder Südpol, dachte Paul, nein, er kommt ja auch fast vom Äquator. Also Põ:l, mit ganz offenem *[õ:]*. Englisch oder französisch? – Nein, schon französisch ausgesprochen. Demnach, musste sich Paul sagen lassen, ist das *[õ:]* noch offener als offen, halt typisch französisch. Põ:õ:õ:õ:õ:l! Oh! Õ:õ:õ:õ:õ:h! Oho, dachte Paul, Sigrid muss schon verdammt verliebt sein, ihm die Feinheiten im Unterschied des englischen zum französischen Põ:l zu erläutern. Und das nicht nur in Worten, auch die Gesten waren eindeutig. Gut, sinnierte Paul, dass er gut deutsch einfach nur Paul heißt.

Und ebenfalls gut, das war nun hinreichend er- und geklärt, Põ:õ:õ:õ:õ:l, mit ganz, ganz offenem *[õ::::]*, sein Name. Und groß ist er, groß und athletisch, kam als nächstes aus ihrem Munde. – Hm, wie ein Kleiderschrank?, fragte Paul. – Nein, erklärte Sigrid, in dieser Situation eine kleine Spur beleidigter, spürte Paul, mehr wie ein Bär! Ein richtiger Bääääär! Diesmal jedoch ohne offenes *[ε]*. – Paul hielt sich zurück: Toll!

Doch, Paul freute sich wirklich mit, mit Sigrid. Frauen lieben gerne bärenstarke Männer. Seine damalige Freundin hatte ihm ja seinerzeit auch irgendwann, als schon alles zu spät war, vorgeworfen, dass er wie ein Hänfling, der er ja auch war, auf sie wirkte, so gar nichts Animalisches an sich hatte. Ein mageres Arbeitstier wäre er, und sonst gar nichts.

Paul musste innerlich schmunzeln, ein Bär ist er also, der Paul von Sigrid. Stark! Sozusagen ein Braunbär, bemerkte Paul. Sigrid fiel ihm sofort lachend ins Wort, nein, ein Schwarzbär wäre er. Logisch, da hätte Paul auch gleich draufkommen können. Ein Braunbär wäre viel zu blass, für Sigrid musste es ein Schwarzbär sein. Nein, es lag ihm fern, sie zu frozzeln, Verliebte haben ihre eigene Terminologie, die Dinge schön zu reden. Oder zu verherrlichen.

Daher behielt Paul seine weiteren Gedanken mehr oder weniger auch für sich. Hm, ein Schwarzbär?! Ein schwarzer Johannisbär? Kein Blaubär? Er selbst ein Weißbär, Eisbär?! Der aus einer früheren französisch sprechenden Kolonie Schwarzafrikas stammende Paul vielleicht ein Brombär, Brummbär? Nein, so wie ihm Sigrid ihn gerade beschrieben hatte, ist er trotz seiner schrankartigen Schultern, auf der er sie wahrscheinlich locker tragen dürfte, ein sehr sanfter, liebevoller Mensch. Vielleicht ein Himbär? *Him*? Klar, er ist *ihr* Bär! Dann doch eher ein *Her*bär? Herbert? Paul hatte sich nun endgültig verzettelt, Pō:ō:ō:ō:l heißt er, nicht Höööörbääär! Aufhööören!, sagte er sich. Außerdem ist *him* und *her* ja auch englisch ...

Sigrid holte Paul zurück in die Realität. In die Realität ihres derzeitigen Lebens, ihres derzeitigen Lebensglücks. Und seines eingefahrenen Lebensunglücks. Ja, in wenigen Wochen wird sie ihn besuchen, Sigrid ihren Pō:ō:ō:ō:l. – Besuchen? – Ist er nicht hier? Bei ihr? Mit ihr? Paul stutzte. – Nein, ne, ne, er lebt in seiner Heimat. – Ah ja?! Und dann pendelt Ihr über mehrere Tausend, wieviel sind es, Kilometer hin und her? – Mehr als fünftausend, ne, wir sehen uns ein Mal im Jahr. – Ah ja?! Und wie lange kennt Ihr Euch schon? – Fast zwei Jahre sind es jetzt schon!

In Pauls Kopf ratterte es: Dann habt Ihr Euch ja doch schon mal gesehen? – Ja, ja, strahlte Sigrid, es wird bald unser zweites Mal werden. – Ah ja?! So sieht also die große Liebe aus. So lebt also ein glücklicher Mensch, dachte Paul über sein eigenes Leben nach.

Sigrids Handy klingelte. Eine SMS. Von Paul. Aus Afrika. Ihre Augen fingen an zu leuchten. Sie müsse jetzt gehen, sagte Sigrid noch zu Paul, nach Hause. Dringend telefonieren, hörte er gerade noch, als sie schon halb rückwärts, halb seitwärts winkend davonlief, mit Pō:ō:ō:ō:l. Bis bald mal wieder, Paul. Bis bald, murmelte er vor sich hin.

Vielleicht, so ging es Paul durch den Kopf, nachdem er sich umdrehte und schleppend weiterging, vielleicht sollte er sich wirklich mal Gedanken darüber machen, warum er sein Leben so schwarzsieht? Sigrid, seine alte Bekannte, ja, wie er jetzt erkennen musste, auch seine reife Bekannte, hatte ihm gezeigt, wie auch ein schwarzer Tupfer in über fünftausend Kilometer Entfernung viel Farbe ins Leben bringen kann.

(2006)

Schlaf-Los

Liebe Unbekannte, ...
Nein, so kann Lorenz diesen Brief nicht anfangen.
Hallo, liebe „Gestern-im-Drogeriemarkt-vor-mir-an-der-Kasse-Wartende-und-mir-kurz-Zulächelnde", ...
Auch das liest sich ziemlich albern.

Ein erstes zaghaft erwachendes Tageslicht verdrängt das träge Dunkel der Nacht. Für Lorenz wird es Zeit, wieder Klarheit in seine Gedanken zu bringen. Schlafen hätte er sowieso nicht können, in dieser Nacht, dazu hatte ihn der Traum, besser, der Anblick einer Traumfrau, der er gestern Abend zufällig begegnen durfte, viel zu sehr aufgewühlt. Nun sitzt er schon die ganze Nacht in seiner Wohnung, vor einem Stapel Papier. Papier, das inzwischen auch um ihn herum zerknüllt oder in Stücke zerrissen seinen Schreibtisch umrahmt. Die Tassen mit Kaffee, den er in sich schüttete, hat er irgendwann aufgegeben zu zählen, genau so wie die immer wieder neuen Versuche eines Briefes, den er schreiben wollte. Den Lorenz ihr, seiner Begegnung gestern kurz vor Ladenschluss im Drogeriemarkt, schreiben musste. Für den er jedoch keine passenden Worte findet.

Dabei, so denkt Lorenz immer wieder zurück, konnte es doch gar nicht besser anfangen. Sie stand vor ihm an der Kasse. Die Unbekannte, die er noch nie zuvor gesehen hatte und von der er jetzt glaubt, ja, gar überzeugt ist, sie nach diesen wenigen Sekunden am gestrigen Abend so gut zu kennen, um sich in sie verliebt zu haben. Ja, Lorenz ist verliebt, das hat er die ganze Nacht über gespürt. Sonst wüsste er, wie er einen Brief zu schreiben hat.

Es fing ganz unspektakulär an: Fast auf Augenhöhe, leicht gelockte, zu einem Pferdeschwanz gebundene Haare, haselnussbraun, durch die sommerliche Sonne eine Spur ausgebleicht. Ein angenehmer Duft, dezent, ganz unaufdringlich, fast maskulin. Perfekt angelegtes Parfüm, eines, das die konkurrierenden Gerüche in einem Drogeriemarkt angenehm überlagert hatte. Eine khakifarbene Hose, mit aufgenähten Seitentaschen in Höhe der Oberschenkel, perfekter Sitz, nicht zu eng, nicht zu weit, schlanke Taille. Und ein dunkelblaues, derberes Jeanshemd, leger, locker, luftig getragen, gewiss zwei Nummern zu groß. Mehr sah Lorenz nicht von ihr, wie sie an der Kasse vor ihm stand.

Sie legte gerade ihre Einkäufe auf das Band. Viel war es nicht, lediglich zwei Fototaschen, also die üblichen Tüten mit Fotoarbeiten. Bilder, die sie vielleicht in ihrem Urlaub gemacht hatte und die sie abziehen oder vergrößern ließ und nun abholte? Sie legte die Abschnitte mit der Auftragsnummer ebenfalls aufs Band und drehte ihren Kopf kurzerhand zu Lorenz um. Es waren gewiss Urlaubsbilder, Lorenz blickte in ein urlaubsbraungebranntes Gesicht, um die Nase und auf den Wangen mit unzählig viel süßen Sommersprossen belebt. Griechisches Profil, römisches Profil, ägyptisches Profil? Egal, Lorenz schaute gebannt, wie hypnotisiert, in wunderschöne dunkelgrüne Augen, die ihn, zumindest nahm er es so wahr, warmherzig anstrahlten, bekam gerade noch mit, dass ihr Mund, die Lippen ungeschminkt und dennoch von einem interessanten Rot, ein Lächeln zauberte. Schon drehte sie sich wieder um, hin zu dem geschmacklos drogeriemarkt-durchgestylten Mädchen an der Kasse, die ihr guten Abend sagte und die Fototaschen auf dem sich nun bewegenden Band wegnahm und über den Scanner schob.

Lorenz fühlte sich wie gelähmt, mechanisch legte er seine aus den Regalen entnommenen Sachen aufs Band. Und dennoch war er so geistesgegenwärtig wie nie zuvor. Im letzten noch möglichen Augenblick las er auf einer der Fototaschen – Gott sei Dank war es eine deutlich lesbare Schrift – ihren Namen und ihre Anschrift. Beides verankerte er unauslöschlich in seinem Hirn, eingebrannt, unvergesslich. Um das auch unvergesslich zu erhalten, sagte er sich in Gedanken die Worte immer wieder vor, bis ihm die Kassiererin den Betrag nannte, den er zu zahlen hatte. Lorenz tauchte wieder in der Wirklichkeit auf. Die junge Frau vor ihm hatte längst das Geschäft verlassen. Er zahlte, packte seine sieben Sachen ein und trat vor die sich automatisch öffnende Glasschiebetüre in einen paradiesischen Sommerabend, der ihm in seiner Stadt, in der er lebt, noch nie so aufgefallen war. Er atmete tief ein und sah beim Blick nach rechts, wie s i e sich justament pferdeschwanzwippend auf ihr Fahrrad schwang und sich beim Losfahren nochmals umdrehte, um i h m kurz zu winken. Bevor Lorenz auch nur in irgendeiner Form zu einer winkenden Handbewegung fähig war, hatte sie der Straßenverkehr bereits verschluckt.

Die Folgen aus dieser Begegnung führten schlussendlich zu seiner schlaflosen Nacht und dem Haufen von zusammengeknülltem Papier. Als Lorenz nach Hause kam, schaute er sofort ins Telefonbuch. Ihr Name war nicht zu finden! Er rief die Auskunft an. Kein Eintrag von ihr! Auch in den Suchmaschinen des Internets blieb sie unbekannt. Die einzige Möglichkeit war ein Brief, eine fast schon anachronistisch überholte Form, um sich einem anderen Menschen mitzuteilen. Und dann auch noch einem Menschen zu schreiben, in den man sich verliebt hatte. Wer ist denn heutzutage noch in der Lage, Liebesbriefe mit einem Stift auf Papier zu schreiben? Die Papierhaufen vor ihm beweisen es, Lorenz jedenfalls nicht.

Ein letzter Blick auf den Brief. Den Brief, den Lorenz vollkommen übermüdet und im Grunde genommen auch völlig irrational für passend hält. Seine Adresse, seine Telefonnummer sind drauf. Auf dem Weg ins Büro hält Lorenz vor einem Briefkasten kurz an. Trotz der schwerwiegenden Worte fällt sein Brief lautlos durch den Klappenschlitz ins Innere. Allerfrühestens morgen könnte sie reagieren, Lorenz denkt an nichts anderes mehr.

Am nächsten Abend, als er vollkommen aufgeregt nach Hause kommt, sieht Lorenz sofort, dass sein Anrufbeantworter viel heftiger als sonst blinkt.

„Hallo Lorenz,
vielen Dank für Deinen netten Brief. Eine schöne Überraschung war das ... sind Deine Worte darin, auch wenn ich ein wenig, ganz heftig darauf gehofft hatte. Wenn Du am Freitag Abend Zeit hast, ja. Ich möchte Dich sehr, sehr gerne wiedersehen. Genau gegenüber vom Drogeriemarkt ist das Café Wunderbar. Ist doch ein vielversprechender Name, oder? Ich werde um 20 Uhr dort sein ..."

Auf den Rest, sprich, ihre Telefonnummer, falls er nicht kommen könnte, hört er vor lauter Herzklopfen gar nicht mehr hin. Nun musste Lorenz bis Freitag warten, nochmals zwei weitere schlaflose Nächte und drei ebensolche ewiglangen unruhigen Tage ...

Eine Stunde bevor Lorenz seinen Anrufbeantworter abhört, reißt eine aufgeregte Frau noch unten im Hausflur, der sie an den Briefkästen vorbei zum Treppenaufgang in ihre Wohnung im 4. Stock führt, einen mit dem Stichwort „Fotos Drogeriemarkt" an sie adressierten Brief auf. Mit Tränen vor Freude liest sie:

Hallo liebe Regine,
Du ... ich ... wir zwei ...
All das, was ich schreiben könnte und doch nicht schreiben kann, möchte ich Dir lieber sagen.
Magst Du mir auch was sagen?
U. A. w. g., Lorenz

Übrigens, in der Nacht von Freitag auf Samstag sollten sowohl Lorenz als auch Regine wiederum keinen Schlaf finden ... vor lauter ganz leise miteinander geflüsterten Worten natürlich.

Wers glaubt, hat nichts verstanden.

(2005)

Gescheiterte Versuchsanordnung

Vorwort
Der erste Tag im neuen Jahr und damit auch der erste Tag in seinen für ihn erstmals versuchten Tagebuch-Aufzeichnungen fängt an wie jeder andere in den letzten Wochen, Monaten, ja Jahren. Mit einem Geschmack im Mund wie eine Kuh aus ihrem Arschloch stinkt, wenn sie justament die Schwanzquaste nach oben streckt und das Grün-Braun-Gekröse platschend ins Gras klatschen lässt. Warum sollte es, bloß weil heute der 1. Januar ist, anders sein als beispielsweise in den Januar-, Februar-, März-, April-, Mai-, Juni-, Juli-, August-, September-, Oktober-, November- oder Dezembertagen des inzwischen vergangenen Jahres?

Gute Vorsätze und Wünsche hat sich Albert W. Latein in dieser letzten Nacht, dem Übergang vom alten ins neue Jahr, auch ganz bewusst nicht überlegt, nicht vorgenommen. Die würden auch garantiert nicht eintreten oder in Erfüllung gehen, und schon gar nicht von heute auf morgen – da dürfte auch das lauteste, bunteste Feuerwerk keine brauchbare Hilfestellung leisten. O. k., also aufstehen, und alles bleibt beim Alten in seinen Gedankenwindungen.

Nicht ganz. In sein Büro muss Albert heute nicht. Um auf seinen Bildschirm zu starren und in die davor liegende Tastatur Buchstaben-, Wort- und Satzkombinationen einzuhämmern, die sich dann auf dem Display zu lesbaren Artikeln formatieren oder formieren, gibt es keinen Grund. Nun gut, geht Albert durch den Kopf, so ganz neu ist die Tatsache ja auch nicht mehr, jeden Tag zwingend ins Büro zu müssen. Seit die angespannte Auftragslage auch an freiberuflichen Journalisten nicht Halt macht und die Anfragen der Verlage und Redaktionsbüros immer weniger werden, sind auch Albert W. Lateins Beiträge nicht mehr so gefragt wie früher. Nicht, weil sie nicht gut sind, nein, weil sie Geld kosten und die Verlage, für die er schreibt oder geschrieben hat, an allen Ecken und Enden, auf allen Seiten und Ebenen sparen müssen. Und für neue Auftraggeber ist er aus vielerlei Gründen ein unbeschriebenes Blatt, das am Ende zu teuer wird – trotz seines Nachnamens, vielleicht auch gerade wegen dieses Namens.

Scheiß Fachliteratur – Fuckliteratur, um ganz direkt zu sein.

Ein fataler Circulus vitiosus: Hatte Albert in der Vergangenheit so gut zu tun, dass ihn oft genug das schlechte Gewissen plagte, weil mangels Zeit so manche Artikel nur mehr oder weniger schnell und unausgewogen recherchiert und geschrieben wurden, belastet ihn heute ein ganz anderes Problem: Er hat so viel Zeit, zu viel Zeit, um seine Texte durchdacht, wohlformuliert und hundertprozentig wasserdicht zu schreiben ... doch fehlen ihm mangels Masse die Aufträge zu dieser ihm vorschwebenden Ideallinie seiner Arbeit und seines Anspruchs an diese Aufgaben.

Um es auf einen Nenner zu bringen: Albert nutzte ausgiebig die Zeit „zwischen den Jahren", die Zeit zwischen den Weihnachtsfeiertagen und Silvester, und machte seine Jahresbilanz. In diesem Falle seine geschäftliche. Und die war, gelinde ausgedrückt, erschreckend! Das zurückliegende Jahr zeigt sein schlechtestes Betriebsergebnis seit seiner Selbständigkeit vor acht Jahren – eindeutig mit ein berechtigter Grund, den Übergang vom alten ins neue Jahr nicht feuchtfröhlich zu feiern, schon gar nicht, sich auch für dieses letzte Jahr zuprostend zu beglückwünschen.

Jetzt aber zu behaupten, Alberts Geschmack im Mund an diesem Neujahrsmorgen rührt alleine nur daher, wäre leicht überzogen. Und damit ist das auch nur ein Teil der ganzen Wahrheit, die ihm mit der kompletten und komplexen Wucht seines Schicksals schon seit Monaten auf den Magen schlägt. Jeden Morgen, gleich nach dem Aufwachen, sozusagen als erster Morgengruß, kommt sie ihm hoch, diese gottverdammte Scheiße. Und dazu kommen auch die täglich aufs Neue, eher nächtlich aufs Neue erscheinenden Traumfetzen, die ihm, ähnlich wie bei einem Kuhschwanz, um und in sein Bett klatschen – mehr noch, ihm stundenlang im Kopf rumquirlen.

Raus

Wenn ich ein Blatt Papier vor mir habe.
Wenn ich den Kopf voll unsortierter Gedanken habe,
schreibe ich.

Ohne Rücksicht auf Sinn und Verstand.
Ohne Logik von Rhythmus und Sprache.

Raus!
Schreiben ist manchmal wie Kotzen.
Die Entleerung von Seelenmüll.

Raus!
Schreiben ist manchmal wie Leben.
Das Drehen der Wirklichkeit nach außen.

Auf einen bilanzierten Nenner gebracht: Das alte Jahr hat sich auf erschreckende Weise von Albert verabschiedet: mit einem vehementen Kanonenschlag. Im wahrsten Sinne des Satzes! Auch wenn der immer höher liegenbleibende Schnee, dessen Flocken schon den ganzen Tag über aus der anthrazitgrauen Wolkendecke schaukeln, diesen Kracher direkt vor seinem Fenster vielleicht um ein paar Dezibel dezimiert hat, wars für Albert ein nicht zu überhörendes und -sehendes Zeichen des Schicksals – metaphorisch betrachtet. Er bleibt dabei: Das alte Jahr ging für ihn erschrocken beschissen zu Ende.

Vorsatz
Keiner!
Schon witzig, denkt Albert, sein Vorwort zu seinem Tagebuch – in der dritten Person geschrieben – besteht aus 723 Worten, und sein Vorsatz lediglich aus einem einzigen.

Tabula rasa (lat.)
1. antike Wachstafel, auf der die Schrift vollständig gelöscht werden konnte
2. die Vorstellung von der Unbeschriebenheit der Seele bei der Geburt
3. völlige Leere, Unbeschriebenheit
4. unbeschriebenes Blatt

TaBuLa rasa (eingedtscht.)
*Ta*ge*Bu*ch*La*tein *ra*benschwarz*sa*distisch

TaBuLa rasa – 1. Januar:
Silvester ist soeben vorbei. Das neujährliche Mitternachtsgeläute lässt die immer noch fallenden Schneeflocken erzittern. Exakt eine Sekunde vor dem ersten Glockenschlag, der das neue Jahr ankündigen sollte, kracht dieser bescheuerte Kanonenschlag direkt vor meinem Fenster.

Wie so häufig, stehe ich auch jetzt, auf der Schwelle zu einem neuen Jahr, am höchsten Fenster meines bescheidenen Häuschens, dieser mehr umgebauten Hütte, direkt unterm Dach, und schaue in den wirklich tristen, tiefgrauen, traurigen Himmel, der nun durch alle nur denkbaren bengalischen Lichter, Leuchttheuler, Raketen, Girlandenketten und den im Zickzack zitternd schwirrenden, flüchtenden Zisselmännern aufgeschreckt wird. Jedes Jahr um diese Zeit das gleiche Spiel, Hauptsache bunt, laut, krachend. Je leuchtender, je knallender, um so johlender jubelt sich die auf der Straße versammelte Menschenmenge ein glückliches, ein schönes, ein neues Jahr zu. Und Millionen von Euro des Haushaltsnettoeinkommens werden verschleudert, um für ein paar Minuten in einen fragwürdigen Glückstaumel zu verfallen.

Ich stehe also am Fenster und schaue dem Spektakel notgedrungen zu. Schlafen kann ich eh nicht bei diesem Lärm. So warte ich halt! Worauf? – Darauf, dass sich dieses Theater irgendwann recht schnell wieder beruhigt, damit ich endlich ins Bett kann. Die Tatsache, dass das alte Jahr mit einem Kanonenschlag geendet hat, betrachte ich als symptomatisch für meine Situation und meinen Zustand zugleich. Genau so symptomatisch: Auch wie so häufig, eigentlich wie immer in den letzten paar Jahren bis auf kurze, überschaubare Phasen, in denen die Batterie in einer Armbanduhr nicht weitaus ergiebiger und energiegeladener ihren Saft abgab, diese also bei weitem diese überschaubaren Phasen überdauerte, stehe ich alleine an diesem Fenster und schaue in Richtung Südwesten. An diesem Fenster, das mir bei Tageslicht und schönem Wetter einen durchaus erquicklichen Blick auf den See und die Berge dahinter schenkt. Doch als eine gelungene Gabe Gottes erachte ich den Anblick nicht, so ganz alleine live in diese friedliche Ambiance zu glotzen. Und in dieses unfriedlich bengalische Spektakel noch mal weniger.

Kein mir selber Zuprosten, ich bin auch absolut nicht in der Stimmung, mir selbst die sonst üblicherweise obligaten Wünsche für das neue Jahr zuzusprechen. Wenn ich so will: Der quasi symbolische Kanonenschlag in der letzten Sekunde des vergangenen Jahres bringt meine Misere gerade jetzt so richtig ans Licht des zuckenden, funkelnden, illuminierten Himmels vor meinem Fenster bis hin über den See. Kein Toast, kein Prost, kein Trost!

Wie heißt es so schön?! Jawohl, den Ball flach halten – nicht hochgradig jammern!!! Laut eindeutiger (oder sinds gar einschlägige?) Aussagen einer gewissen, mir bis zum letzten sehr frühen Spätherbst noch näher stehenden Person weiblichen Geschlechts (dieses von ihrer Seite so genannte „Näherstehen" nahm – das sollte ich mir nochmals auf der Zunge zergehen lassen – übrigens genau genommen erst ab dem sehr späten Spätsommer des gleichen letzten Jahres seinen Anfang), bin ich sowieso immer und überall an allem selber Schuld: Weil ich so bin wie ich bin und nicht so wie die anderen mich gerne hätten haben wollen! Dann spiele ich also diese mir unterstellte Rolle, nein, mehr noch, ich lebe sie konsequent ... – und inzwischen auch gnadenlos aus.

Dazu gehört dann auch, Silvester alleine zu sein, alleine sein zu wollen, alleine sein zu müssen – unbedingt (natürlich auch, weil ichs gar nicht mehr anders kann).

(Diese dusseligen Klammersätze muss ich mir dringend wieder abgewöhnen!)

Das alte Jahr hatte also, als die unzähligen und gleichzeitig unsinnigen Neujahrsböller die Glocken der nahen Johanniskirche für eine kurze Zeit übertönten, lediglich ein Feuerwerk an Kanonenschlägen für mich übrig – mal so als Resümee der ersten halben Stunde des neuen Jahres.

Insgesamt alles nichts Dramatisches, eher so das Übliche, der alltägliche Wahnsinn, wenn man den Leuten, denen man aufs Maul schaut, auch wirklich mal zuhört, was einem so in der heutigen Zeit tagtäglich an Gemülltem über den Weg läuft. Also die gängigen Klischees, und daher bleib ich kurz, mit knappen Worten: Moralisch, das mühsame Geschäft mit dem Geschäft. Körperlich, das Kreuz mit dem kaputten Kreuz. Seelisch die Erkenntnis, dass nichts hält, was man sich von einem Menschen verspricht und was man sich mit diesem Menschen so versprochen hatte.

Soweit das, was im letzten Jahr auf mich zukommen sollte, auch bei mir angekommen ist. Wie sich das anhört?! Es ist gerade mal einige Minuten her, seit wir ein neues haben! Jedenfalls kam das alles ziemlich massiv, ungehobelt, ungeschliffen. Allerdings mit der Erkenntnis, dass ich dabei ganz schön der Lackierte war und immer noch bin. Dabei fing das alte Jahr, heute vor genau 365 Tagen, eigentlich recht vielversprechend, auch ohne Feuerwerk so bunt an.

Cut! Schnitt! Oder so was Ähnliches spielt sich jetzt in meinem ausgemergelten Hirn ab. Wird Zeit, endlich in die Falle zu kommen! Vereinzelt knallt immer noch dieses Leuchtraketentheater in den durch den mistigen Qualm der abgebrannten Feuerwerkskörper noch trüber gewordenen Himmel. Vielleicht gibts ja Leute, die den Schlag Zwölf vom alten zum neuen Jahr vor lauter Silvestersuff glatt verpennt haben und jetzt erst langsam wieder zu sich gekommen sind, um dann doch noch hektisch ihr Pulver zu verschießen?!

Bevor ich nun endgültig ins Bett falle, fallen meine Augen, wie so häufig, auf die drei fensterlosen Wände meines Zimmers mit Aussicht. Auf die Wände mit den rund 50 Bildern. Bilder, die nicht gemalt sind, die nicht farbig, bunt, leuchtend sind, die keine Kunst bedeuten. Selbstgemachtes, Eingemachtes, Nachgemachtes, mir selbst Vorgemachtes: Bilder, die geschrieben sind. Mit Texten, Lyrik, kleiner Prosa, mit Worten, die Geschichten erzählen. Gerahmte Erinnerungen, Erlebnisse, Ergüsse ... insgesamt so was wie eine kompensierte Vergangenheitsbewältigung – meist ohne Sinn und Verstand, entleerter Seelenmüll, eingezwängt hinter Glas, das mehr Spiegel ist.

In diesem Jahr, diesem neuen, werden es zehn Jahre, dass ich hier lebe, dahinlebe. Und nun stehe ich wieder mal vor diesen vollgehängten und dennoch Leere ausdrückenden Wänden mit den vielen Bilderrahmen, die alle aus dem Rahmen fallen, und lese ein Bild, das ich vor nunmehr knapp acht Jahren geschrieben hab, wie das Datum unten, klein hingefummelt, zeigt.

Gestern Abend zu Hause

Nach gut zwei Jahren
in dieser Wohnung.
Bei einem jener fast allabendlichen
Gedankensprünge
aus dem Fenster ...
Von der gegenüberliegenden Hausfassade
zum Großen Wagen
aufwärts,

zum Hang auf der anderen Seite des Sees
in Richtung Westen,
wieder nach oben
zum blinkenden Sternenhimmel ...
Da fällt mir auf,
dass ich mehr Ausschauender
als Einwohner bin.
Überall und immer schon.
Und jede Wohnung
mehr Turm als Höhle ist.
Weil ich so mehr erfahre über mich
beim Blick
aus dem Fenster
als in den Spiegel.

Desillusioniert und – man bemerke – ohne auch nur einen Tropfen Alkohol falle ich mit trostlosen Gedanken wieder ins Bett. Der Neujahrsrummel ist Gott sei Dank vorbei.

Zwischenwort
Silvester – Neujahr, ein düsteres Bild!

Zwischensatz
Jetzt noch einmal, von außen betrachtet: Cut! Schnitt! Albert W. Latein liegt in seinen Daunenfedern und gleitet erst holper-stolperlich, dann immer sanfter in eine andere Zeit ab. Silvester und Neujahr genau vor einem Jahr? Ein stilles Leuchtwerk auf der sich spiegelnden, leicht gekräuselten Meeresoberfläche, die vom stärksten Licht des Nachthimmels angestrahlt wird – widerspiegelnd illuminiert von zigtausenden, abertausenden kleinen Lichtern, die scheinbar still und hörbar stumm hoch oben über ihm leuchten: Mond und Sterne im Kreuzungspunkt vom etwa 62. Breitengrad westliche Länge und dem ca. 16. Längengrad nördlich des Äquators. Silvester und Neujahr in der Karibik. Um genau zu sein, auf Guadeloupe ...

Doch diese Zeit hält für ihn nicht lange an, Albert schläft ziemlich schnell den Schlaf des Hundemüden; ob auch den des Gerechten, kann er nicht mehr ausloten. Und ob er dem entsprechend der Auffassung nach wissenschaftlichen Ansprüchen zu stellenden Tiefschlaf in allen seinen einzelnen Phasen gerecht wird, ist ihm aus Prinzip schon schnurzegal geworden. Am diffus heller werdenden Morgen des ersten Tages im neuen Jahr jedenfalls wird Albert wie fast jeden Tag gegen halb sieben wach, ist sofort hellwach und pellt sich aus seiner Bettenburg. Ihm fließt wieder die alltägliche Kacke durch seinen vernebelten Schädel, obwohl er eindeutig alkoholfrei klar ist.

TaBuLa rasa – *2., 3., 4., 5., 6., 7., 8., 9., 10., 11., 12., 13., 14., 15., 16., 17., 18., 19., 20., 21., 22., 23., 24., 25., 26., 27., 28., 29., 30., 31. Januar; 1., 2., 3., 4., 5., 6., 7., 8., 9., 10., 11., 12., 13., 14., 15., 16., 17., 18., 19., 20., 21., 22., 23., 24., 25., 26., 27., 28. Februar; 1., 2., 3., 4., 5., 6., 7., 8., 9., 10., 11., 12., 13., 14., 15., 16., 17., 18., 19., 20., 21., 22., 23., 24., 25., 26., 27., 28., 29., 30., 31. März; 1., 2., 3., 4., 5., 6., 7., 8., 9., 10., 11., 12., 13., 14., 15., 16., 17., 18., 19., 20., 21., 22., 23., 24., 25., 26., 27., 28., 29., 30. April; 1., 2., 3., 4., 5., 6., 7., 8., 9., 10., 11., 12., 13., 14., 15., 16., 17., 18., 19., 20., 21., 22., 23., 24., 25., 26., 27., 28., 29., 30., 31. Mai; 1., 2., 3., 4., 5., 6., 7., 8., 9., 10., 11., 12., 13., 14., 15., 16., 17., 18., 19., 20., 21., 22., 23., 24., 25., 26., 27., 28., 29., 30. Juni; 1., 2., 3., 4., 5., 6., 7., 8., 9., 10., 11., 12., 13., 14., 15., 16., 17., 18., 19., 20., 21., 22., 23., 24., 25., 26., 27., 28., 29., 30., 31. Juli; 1., 2., 3., 4., 5., 6., 7., 8., 9., 10., 11., 12., 13., 14., 15., 16., 17., 18., 19., 20., 21., 22., 23., 24., 25., 26., 27., 28., 29., 30., 31. August; 1., 2., 3., 4., 5., 6., 7., 8., 9., 10., 11., 12., 13., 14., 15., 16., 17., 18., 19., 20., 21., 22., 23., 24., 25., 26., 27., 28., 29., 30. September; 1., 2., 3., 4., 5., 6., 7., 8., 9., 10., 11., 12., 13., 14., 15., 16., 17., 18., 19., 20., 21., 22., 23., 24., 25., 26., 27., 28., 29., 30., 31. Oktober; 1., 2., 3., 4., 5., 6., 7., 8., 9., 10., 11., 12., 13., 14., 15., 16., 17., 18., 19., 20., 21., 22., 23., 24., 25., 26., 27., 28., 29., 30.*

November; *1., 2., 3., 4., 5., 6., 7., 8., 9., 10., 11., 12., 13., 14., 15., 16., 17., 18., 19., 20., 21., 22., 23., 24., 25., 26., 27., 28., 29., 30. Dezember:*
Leere. Gedankenlos, sprachlos, wortlos. Wertlos.

TaBuLa rasa – 31. Dezember:
Es hat sich so ergeben. Aus dem zaghaft begonnenen Nähergestandenen im vorletzten späten Spätsommer wurde in jenem frühen Spätherbst ein endlos verlaufendes Weggegangenes. Jedes Wort all die 364 Tage wäre zuviel gewesen. Aus den damals anfänglichen flirrenden Gefühlen ist nur noch ein dumpfes Geschwurbel übrig geblieben. Es wird Zeit: Das muss jetzt einfach ausgesprochen werden. Wobei einfach wirklich einfach zu einfach wäre.

Aus der zaghaften Gemeinsamkeit zwischen A. und A. wurde ein Jahr der massiven Einsamkeit. Von A bis Zet – zwischen mir, Albert W. Latein, und ihr, Anne B. Gredl. Und auf der gesamten Klaviatur des Alphabets von A-Dur bis Z-Moll, rauf und runter.

Bevor dann jetzt gleich wieder das Feuerwerk losgeht, muss ich daran zurückdenken – unbedingt: Vor einem Jahr, exakt an Weihnachten, erschütterte ein Erdbeben der Stärke 6,6 unsere Erde. Mehr als 30.000 Menschen verloren dabei seinerzeit im Iran und in der Türkei ihr Leben. Vergessen? Nicht vergessen, bei mir jedenfalls nicht! Doch es war schnell vergessen im Weihnachtszaubertrubel; es betraf irgendwie ja auch „nur" die Ärmsten der Armen. In einer Gegend, die man in unseren Breitengraden überhaupt nicht so richtig kennt. Für die Presse war dies auch nicht wirklich spektakulär, so weit weg, außerhalb unserer „christlichen" Hemisphäre – die Sensationsberichte ebbten bereits am nachfolgenden Tag wieder ab und endeten kurz danach lapidar und vollkommen teilnahmslos mit einer kurzen Meldung über die Gesamtzahl der Toten und Vermissten ... Betroffenheit nicht erwünscht!

Tja, und dieses Jahr zum Christfest sieht es ganz anders aus ... und dennoch die Duplizität der Ereignisse: Auf den Weihnachtstag genau ein Jahr später erschütterte ein Seebeben der Stärke 9,3 unsere Erde. Rund fünfmal so viele Menschen wie bei der Naturkatastrophe ein Jahr zuvor mussten in mehreren südostasiatischen Ländern sterben, Experten – interessant, wer sich da alles Experte nennen darf? – (das hätte auch wieder gut ein Klammersatz werden können – ha, galant umgangen!) sprechen bzw. schreiben jetzt schon von weit über 150.000 Toten durch den verheerenden Tsunami – Tendenz stark steigend! Das ist bis heute noch nicht vergessen, liegt ja auch erst 6 Tage zurück – und da kommen fast stündlich immer wieder neue sensationelle Katastrophenmeldungen hinzu. Denn – wie unverschämt – handelt es sich doch dabei auch um beliebte Regionen für viele westeuropäische Urlauber, die neben der Bevölkerung dort ebenso betroffen sind. Mein Gott, neben vielen Opfern unter der einheimischen, wieder meist armen Bevölkerung auch Österreicher und viele Menschen aus unseren angrenzenden mitteleuropäischen Nachbarländern darunter! Und dann noch diese traumhaften, beliebten Urlaubsziele – einfach zerstört, dem Erdboden gleichgemacht. Da ist es wichtig, dass die Presse das lange am Kochen hält; es kommen ja permanent im Minutenrhythmus neue Horrorbotschaften darüber ans Tageslicht – das steigert die Auflage, die Zuschauerquoten, die Umsatzzahlen.

Es ist beileibe nicht zynisch gemeint – was die Erde erschütterte, hat auch mich erschüttert. Nur, in den weitestgehend touristisch unerschlossenen Gebieten Irans und der Türkei war damals der Sensationseffekt auf der nach oben offenen Richter-Skala weitaus niedriger einzustufen ...

Und doch – es ist nichts anderes als Zynismus, den ich hier rauslasse und reinschreibe!

So kehrt die Erde in vielerlei Hinsicht ihr Inneres nach außen. Ver„kehrte" Welt! Da passt dann auch ein anderes meiner Bilder an der Wand:

Erdbeben, acht komma fünf

Auf der nach unten offenen Stimmungsskala sinkt
meine Laune
mein Lebensmut
meine Lust
meine Liebe
meine Lebendigkeit
mein Lachen
meine Leichtigkeit
mein Latein
immer tiefer.
Die Richter-Skala zeigt
Last
Leid
Leere
Lähmung
Langeweile
auf hohem Level.

TaBuLa rasa – 1. Januar:
Neuer Anfang. Oder wie oder was?
 Silvester ist soeben vorbei. Das neujährliche Mitternachtsgeläute wird wie immer durch Feuerwerkskörper übertönt. Mit einer weiteren Duplizität der Ereignisse: Exakt eine Sekunde vor dem ersten Glockenschlag, der das neue Jahr einläutet, pfeift, zischt und heult direkt vor meinen Augen mit Höllenlärm eine Rakete vorbei. Letztes Jahr der Kanonenbumms und dieses Mal der Raketenzitsch!
 ›Zitat‹ *Wie so häufig, stehe ich auch jetzt, auf der Schwelle zu einem neuen Jahr, am höchsten Fenster meines bescheidenen Häuschens, dieser mehr umgebauten Hütte, direkt unterm Dach, und schaue in den wirklich tristen, tiefgrauen, traurigen Himmel, der nun durch alle nur denkbaren bengalischen Lichter, Leuchttheuler, Raketen, Girlandenketten und den im Zickzack zitternd schwirrenden, flüchten-*

den Zisselmännern aufgeschreckt wird. ›Zitat Ende, siehe „TaBuLa rasa" 1 Jahr zuvor‹

Doch dieses Jahr ohne Schnee, ohne Flocken, dazu ist es zu warm. Allerdings auch ohne Regen, der fiel bereits am Nachmittag aus einem noch ruhigen Himmel. Wie jedes Jahr um diese Zeit das gleiche Spiel, Hauptsache bunt, laut, krachend. Je leuchtender, je knallender, um so johlender jubelt sich die auf der Straße versammelte Menschenmenge ein glückliches, ein schönes, ein neues Jahr zu.

Ich stehe also wiederum am Fenster und schaue dem jährlich wiederkehrenden Spektakel gezwungenermaßen zu. Vielleicht ist es nur gefühlte Einbildung, dass es weniger kracht – wegen der Apokalypse, die in Asien geschah? Viel zu viel ist es allemal, was wieder in die Luft geschossen wird. Und dass die letzten Sekunden des alten Jahres dieses Mal mit einem Heuler an mir vorbeizogen, passt wiederum ins Bild.

Also, der quasi symbolisch vorbeiziehende Heuler beim Schlussakkord des vergangenen Jahres soll mir wohl zeigen, wo es mich auch im neuen Jahr wieder hinführen wird.

Ums kurz zu machen: Jetzt bloß nicht wieder ›Zitat‹ *hochgradig jammern!!! ... Dass ich sowieso immer und überall an allem selber Schuld bin: Weil ich so bin wie ich bin und nicht so wie die anderen mich gerne hätten haben wollen! Dann spiele ich also diese mir unterstellte Rolle, nein, mehr noch, ich lebe sie ... Dazu gehört dann auch, Silvester alleine zu sein, alleine sein zu wollen ...* ›Zitat Ende, siehe „TaBuLa rasa" 1 Jahr zuvor‹

Und jetzt aber Stopp!!! – mit den immer gleichen Worten! Auch wenn es passt: Ich kann mich doch nicht Jahr für Jahr mit dem gleichen Geschwafel wiederholen.

Gleich Viertel vor Eins – endlich ist wieder Ruhe eingekehrt.

Die nächtliche Ruhe, die mich im Grunde Tag für Tag, besser: Nacht für Nacht brüllend anquält.

Ab ins Bett!!!

Wiederum mit einem Rückblick: In diesem Jahr, diesem neuen werden es 11 Jahre, dass ich hier wohne; oder soll ich schreiben(?!), dass ich hier hause. Wieder bleiben meine Augen vor den Wänden mit den vielen Bilderrahmen hängen. Vor der Wand, bei einem Bild, das ich im letzten Jahr erst neu aufgehängt hatte:

Erinnerungen werden wach

Vermeiden wir es?
Eine Begegnung zum Beispiel,
die alte Fragmente berührt?
Ein Gespräch zum Beispiel,
das Konsequenzen fragwürdig macht?

Tun wir es, und wir tun es doch nicht.

Erinnerungen tauchen wieder auf.
Ganz wesentliche Bilder kommen.

Lohnt es sich,
ein Stück Papier zu nehmen?
Reicht es noch,
die Worte zu suchen?
Sätze zu finden,
die im Netz der Nichtigkeiten hängenbleiben werden.

Am Morgen des ersten Tages im neuen Jahr ist es auch wie jeden anderen Morgen: Gegen halb sieben werde ich wach, hellwach, das Alltägliche holt mich ratz-fatz-schmatz wieder ins reale Leben. Doch ganz so alltäglich geht es heute Morgen dennoch nicht in meinem Schädel zu. Irgendeinen Traum hatte ich – einen Traum, den ich nicht mehr richtig zusammenbekomme, doch irgendwas war, das hängen geblieben ist. Vielleicht was, das sich lohnt, ebenfalls an die Wand zu hängen?
In etwa so:

Erwachen

Bilder von Augenblicken.
Aufdringliche Bilder.
Oder versunkene Bilder.
Von Momenten der Liebe.
Von Augenblicken der Nähe.

Bilder an einen Menschen.
Wie die zitternd-freudige Verfallenheit.
Wie das plötzliche Wegtauchen in eine Landschaft.
Ein Fühlen der Haut.
Der Haut als fühlende Grenzenlosigkeit.

Schnelle Fahrten.
Durch helle Landschaften.
Unvorhergesehene Bilder.
Die durch mich hindurchblitzen.
Choreografien von Bewegungen.

Bewegungen an einen zufälligen Ort.
Bilder wie geordnete Trümmer.
In denen kleine glitzernde Dinge warten.
Bilder zum Eintauchen.
Eintauchen, wenn das Glück es will.

Erwachen.

Das Leben ist eine verrückte Ansammlung von Wort-, Gedanken- und Erinnerungsfetzen, die ständig alles durcheinanderschütteln und keine Chronologie mehr erlauben!

Nachwort
An diesem Morgen, an diesem ersten Januar, als draußen nichts anderes als Stille herrscht, laufen Bilder von Augenblicken, die sich zu Choreografien verdichten, hinter Alberts noch verschlossenen Augen wie in Zeitlupe ab.

Nachsatz
Albert W. Latein muss aufs Klo. Die Realität. Die Zeit der Erinnerungs-Gedanken-Wort-Schütteleien ist für jetzt vorbei. Doch ihm ist klar, er wird weiter zurückschaufeln und -schaukeln müssen, um künftig wieder in klaren Bahnen denken und handeln zu können. Das letzte Jahr war diesbezüglich eine einzige Katastrophe, mal ganz abgesehen von den letzten Monaten des vorletzten Jahres, die für Albert die schlimmsten überhaupt waren. So makaber es klingt: Sein eigenes Erdbeben, sein eigener Tsunami hat ebenfalls verheerende Spuren bei ihm hinterlassen ... und jetzt ist dringend Aufräumarbeit zu leisten.

Beim morgendlichen Pinkeln geht Albert W. Latein ganz plötzlich ein verirrter Feuerwerkskörper, der in diesem Moment gezündet wird, durch seinen Kopf.

tabulos, das Tagebuch, das Anne B. Gredl während ihrer damaligen sich näherstehenden Zeit geschrieben hat, befindet sich in seinem Besitz. Sie knallte ihm die Loseblattsammlung bei ihrer letzten Begegnung damals in einem Briefumschlag vor die Füße. Nein, um ehrlich zu bleiben, sie schmiss es auf den Tisch; in dem Café, in dem sie saßen und in dem der vorläufig endgültige Schlusspunkt ihres „Sehr-späten-Spätsommer-bis-sehr-frühen-Spätherbst-Näherstehens" nicht nur gesetzt, sondern von ihr auch quasi weggeworfen wurde.

Wortfetzen

Nicht nur reden.
Sondern Gedanken haben,
die atmen.
Und Blicke sagen,
die brennen.

Also gut, sagt sich Albert, jetzt in die Bilder und Worte aus einer Zeit eintauchen, als das Glück es noch konnte und wollte. Die jetzt vielleicht wirklich eher Bilder wie Trümmer und Worte wie Gerümpel sind. Doch das will er jetzt konsequent durchziehen: Vergangenheitsbewältigung pur, auf der Hardcore-Schiene. Endlich weg von dem Schema, immer wieder daran erinnert zu werden, um nicht vergessen zu können:

> Nicht das Vergessen hilft dem Erinnern,
> sondern das Erinnern hilft dem Vergessen!

Das neue Jahr wird gut, ist sich Albert W. Latein mit einem Male ganz sicher – nicht mehr mit seinem Latein am Ende sein zu müssen.

Schlusssatz
Albert W. Lateins **Tabula rasa** nimmt Formen an ...

Schlusswort
... tagtäglich.

(2006)

Talk-Treff auf platt2

Das Szenario
Im Fernsehstudio, Übertragung einer der üblichen, typischen Talkshows, Applaus jeweils vom Mischpult eingespielt.

Die Teilnehmer
Moderator:
Smarter, junger, agiler Typ, Mitte 20 – sitzt in der Mitte.
Zwei männliche Gäste:
Beide Mitte 30, beide extrem übergewichtig, leger gekleidet – rechts und links neben dem Moderator.

»Bitte Ruhe. Sendung läuft.«

Mod.: »Einen Guten Abend, meine sehr verehrten Damen und Herren draußen vor ihren Bildschirmen, nein, drinnen. Haha! Wieder einmal darf ich Sie willkommen heißen bei platt2. Ich begrüße Sie recht herzlich zu unserem heutigen Talk-Treff auf platt2, der sich wieder mal, wie immer, mit einem äußerst extrem brisanten Thema auseinandersetzen wird. Und als unsere Gäste begrüße ich zu meiner Linken Hans Hinterhuber, wir erinnern uns: zweimaliger Weltmeister, dreimal war er Vizeweltmeister, zweimaliger Olympiasieger, einmal Gold und einmal Silber, dreimaliger Europameister und sage und schreibe sechsfacher Deutscher Meister im Hammerwerfen Ende der achtziger bis Anfang der neunziger Jahre im letzten Jahrhundert. Guten Abend, Hans Hinterhuber – bitte sehr, Ihr Applaus!«

H. H.: »Danke. Guten Abend.«

Mod.: »Und hier zu meiner Rechten begrüße ich Georg Gablenberger, seit etwa vier Jahren arbeitslos. Willkommen in unserer Sendung, Herr Gablenberger.«

G. G.: »Ja, 'n Abend auch.«

Mod.: »Zunächst zu Ihnen, Hans Hinterhuber, Sie waren ja einer der erfolgreichsten Leichtathleten, die Deutschland je hervorgebracht haben. Auf Sie konnte eine ganze

Nation stolz sein, Millionen von Menschen fieberten mit, wenn es bei den großen Sportereignissen um Ruhm und Ehre, um den Sieg für Deutschland ging. Und häufig waren Sie auch ein sicherer Garant, wenn es um die Medaillenränge ging. Meist standen Sie ja mit auf dem Treppchen. Und oft genug auch ganz oben. Eine wirklich beeindruckende Siegesserie, die Sie in Ihrer aktiven Laufbahn als Sportler hingelegt, vielleicht besser gesagt, hingeworfen haben. Herr Hinterhuber, wie geht es Ihnen heute?«

H. H.: »Nun, ehrlich gesagt, schlecht, ich ...«

Mod.: »Nachdem Sie Ihre steile und großartige Karriere als Leistungssportler im Jahre 1993, ich glaube, da kam das Ende, abbrechen mussten, begann eigentlich für Sie dann auch das richtige Aus, rein menschlich gesehen?!«

H. H.: »Ja, ich ...«

Mod.: »Sie waren gesundheitlich so angeschlagen, dass Sie weder Ihren Sport mehr ausüben durften, noch daran denken konnten, jemals in irgendeinen möglichen Beruf eingesetzt werden zu können?! Wie war das damals bei Ihnen?«

H. H.: »Stimmt, ich ...«

Mod.: »Hervorgerufen durch Ihren damaligen Anabolikamissbrauch, von dem Sie allerdings, wie ja inzwischen nachgewiesen werden konnte, während Ihrer aktiven Zeit als Sportler nichts wussten, war Ihr Körper so angegriffen, dass Sie jetzt schon weit über zehn Jahre fortlaufend in ärztlicher Behandlung sind und immer noch keine Besserung oder kein Ende Ihrer gesundheitlichen Folgeschäden abzusehen ist. Wie beurteilen Sie, Herr Hinterhuber, heute, nach dieser langen Zeit, die Sie meist nur in Kliniken, Rehabilitationszentren und sonstigen Einrichtungen, ja, seit jüngstem auch in psychiatrischen Praxen verbringen mussten, Ihre Situation?«

H. H.: »Ja, ich bin am Ende, ich ...«

Mod.: »Eine bemerkenswerte Antwort aus dem Munde eines Profis, der mal als Superstar einer ganzen Nation gefeiert wurde! Danke, Hans Hinterhuber, für Ihre nachdenklichen und nachdrücklichen Worte zu einem Thema, das sehr gerne unter den Tisch gekehrt wird, weil, über diese dunkle Vergangenheit im Leistungssport wird bis heute nur sehr ungern gesprochen: Weltmeisterliche Leistungen, die mit unerlaubten Mittel erzielt wurden, und bei denen erst in der Folgezeit erkennbar wurde und wird, was sie für den einzelnen Menschen, der mit vollem Herzen und unter vielen Entbehrungen in seinem jungen Leben für Deutschland kämpfte, für negative Auswirkungen hatte und immer noch hat. Sie sehen, platt2 deckt die Hintergründe, wie immer, schonungslos auf.

Und nun zu Ihnen, Herr Gablenberger. Eine ganz andere Ausgangssituation bei Ihnen, und doch gibt es Parallelen, stehen Sie heute vor einer ähnlich gelagerten Situation. Aufgrund Ihres körperlichen Gebrechens können Sie seit mehr als vier Jahren Ihren Beruf als LKW-Fahrer nicht mehr ausüben, bzw. auch in einem anderen Beruf nicht mehr eingesetzt werden. Was war genau der Grund dafür?«

G. G.: »Na ja, ich ...«

Mod.: »Sie hatten mit 30 Jahren etwa eine Herzverfettung, eine Leberzirrhose, schwere asthmatische Störungen und starke Gleichgewichtsprobleme, die, wie Sie mir vor der Sendung noch verraten haben, aufgrund von falscher Ernährung und so gut wie keinem, im Grunde genommen, wenn wir ehrlich sind, von überhaupt keiner sportlichen Betätigung herrührten. Was geschah dann?«

G. G.: »Nun, ich ...«

Mod.: »Sie mussten mehrere komplizierte Operationen über sich ergehen lassen, von denen Sie sich bis heute nicht mehr richtig erholen konnten, und dadurch fielen Sie auch zum damaligen Zeitpunkt von heute auf morgen für Ihren damaligen Arbeitgeber aus. Während der anschließenden, noch immer anhaltenden Reha-Maßnahmen waren Sie und sind Sie bis heute im wahrsten Sinne des Wortes ein körperliches Wrack?! Wie würden Sie sich selbst, aus Ihrer ganz

ganz persönlichen Sicht, rückblickend einschätzen?«

G. G.: »Ja, das war das Ende, ich ...«

Mod.: »Meine Herren, ich bedanke mich bei Ihnen beiden für Ihre ausführlichen und äußerst offenen und kritischen Erläuterungen zu diesem sicherlich einerseits sehr brennenden und heiklen Thema, andererseits aber auch für Ihre zwingend notwendige Aufklärung, die sehr aufschlussreich erkennen lässt, wie es in unserem künftigen Leben um den gesundheitlichen Status bestellt sein kann ... platt2, immer aktuell an den brisantesten Brennpunkten der Welt. Ein dicker Applaus an unsere beiden Gäste ...

Danke, danke. Bevor wir nun zur Werbung rüberschalten, von Ihnen beiden noch ein kurzes, persönliches Statement. Herr Gablenberger, zunächst von Ihnen. Und bitte wirklich ganz kurz, unsere Zeit drängt bereits!«

G. G.: »Na ja, der Hansi und ich, wir wollten ja schon damals in der Schule immer die Größten sein. Und beim „Haut den Lukas" hat er ja nun wirklich allesamt in Grund und Boden gehauen, ein Mordskerl war er, der Hansi ...«

Mod.: »Hans Hinterhuber, nun auch von Ihnen ein abschließender Satz zu diesem Thema!«

H. H.: »Und Du Schorsch, ich erinnere mich noch sehr gut daran, wolltest uns unbedingt immer wieder, fast täglich, aufs Neue beweisen, dass Du damals im Dorf bei uns der Weltmeister im Weißwurstessen und Bierstemmen gewesen bist. Was Du ja auch sehr eindrucksvoll unter Beweis stellen konntest ...«

Mod.: »Vielen Dank, meine Herren, danke Hans Hinterhuber, danke Herr Gablenberger.

Ja, meine Damen und Herren, ich hatte es am Anfang meiner Sendung vergessen zu erwähnen: Hans Hinterhuber und Georg Gablenberger waren bereits von Kind an die besten und auch die dicksten Freunde. Obwohl sie damals, das haben sie mir vor der Sendung auf mitgebrachten Fotos gezeigt, wirklich noch gertenschlanke Buben waren. Haha! Im gleichen Jahr im gleichen Dorf geboren, gingen sie gemeinsam in den Kindergarten, anschließend beide natürlich auch in die gleiche Schulklasse. Später dann allerdings trennten sich in ihrer Freizeit ihre Wege. Hans Hinterhuber fand im örtlichen Sportverein seine neue Heimat, bis er, nachdem er als Jugendlicher erst Vereins- und dann Bezirksmeister im Kugelstoßen und später im Hammerwerfen wurde, von der Sportförderung entdeckt und unterstützt wurde. Mit welchem Ergebnis, konnten Sie ja bereits am Anfang unseres Talk-Treffs auf platt2 verfolgen: Auf seinem weiteren sportlichen Weg legte Hans Hinterhuber eine tolle, ganz beeindruckende Karriere hin, als Nationalmannschaftsmitglied im Leichtathletikkader mit großen internationalen Ehren bis hin zum Weltmeister, zum zweimaligem Weltmeister. Georg Gablenberger hingegen zog es zu diesem Zeitpunkt schon mehr ins Gasthaus. Als gern gesehener Stammtischkollege fand er in seiner angestammten Dorfwirtschaft „Zum Goldenen Kranz" sein Publikum, das ihm johlend applaudierte, wenn er nach der zehnten Maß als einziger noch eine weitere draufsetzen konnte.

Ja, meine sehr verehrten Zuschauer hier im Studio und vor Ort an den Bildschirmen, dies waren unsere heutigen Gäste im Talk-Treff auf platt2, zwei ehemalige „Weltmeister", die, wenn Sie so wollen, unter ihrem unermüdlichen körperlichen Einsatz einen durchaus gewichtigen Beitrag für unser Land geleistet haben. Und die heute unter den Auswirkungen spürbar leiden müssen, leider. Besten Dank an Sie beide. Und an Sie zu Hause vor dem Bildschirm, die Sie unsere heutige, ausgesprochen spannende und wieder einmal brennend starke Sendung verfolgen durften. Und nun schnell rüber zur Werbung in platt2.«

(2005)

Gang und gäbe

Nun ist er doch zurückgetreten, resümiert Karl D., es blieb ihm ja auch keine Wahl mehr. Obwohl er immer noch dementiert. Um den Fall lückenlos zu klären, hatte er sich entschlossen, alle seine Ämter und Funktionen ruhen zu lassen. Politisch als Gemeinderatsmitglied und als stellvertretender Orts-Vorsitzender seiner Partei. Und wirtschaftlich als Geschäftsführer seines für die Region bedeutenden Industrieunternehmens und damit auch einer Reihe von weiteren Funktionen als Aufsichtsratsmitglied in kooperierenden Unternehmen. Wie sagte er am Ende der Pressekonferenz? Mit knappen Worten: „Um den Korruptionsskandal aufzuklären, steht er jedem Rede und Antwort."

Nachdem ihn seine eigenen Parteigenossen zu diesem Schritt eindringlich gedrängt hatten und auch seine engsten Verbündeten in den verschiedenen Gremien ihm nicht mehr die absolute Loyalität gewährten, informierte er die örtliche Presse über seine als „vorläufiges Ruhen aller Ämter und Geschäfte" gefasste Entscheidung, also ein Rücktritt mit der eindeutigen Option auf ein Zurück.

So konnte man es am nächsten Morgen in der örtlichen Presse lesen, in den regionalen Morgensendungen der Rundfunksender sowie den Frühstücksnachrichten des Fernsehens hören und verfolgen. Und sehen konnte man ihn, natürlich nur auf dem Bildschirm, wie er ohne weitere Erklärungen außer der offiziellen Verlautbarung, die ihm die Parteispitze nahegelegt hatte und von der Pressestelle der Kommunalverwaltung vorformuliert und mit der Parteispitze abgestimmt zum Verlesen überreicht wurde, selbstgenügsam vor der Kamera stand. Zu der kurzfristig einberufenen Pressekonferenz in den Geschäftsräumen seines Unternehmens wurden lediglich die vier, fünf örtlichen Pressevertreter von Presse, Funk und Fernsehen eingeladen. Keine Parteifreunde, schon gar nicht seine Parteifeinde und erst recht nicht irgendwelche Kollegen oder Mitarbeiter aus dem Unternehmen wie auch private Verbündete oder Geschäftsfreunde wurden informiert. In fünf Minuten war der Spuk vorbei, Fragen waren keine erlaubt, und fast schon beim Abgang ließ er sich noch zu den persönlichen Worten hinreißen, dass er sich „als praktizierender Christ nichts, aber auch gar nichts vorzuwerfen habe".

Wieder mal steht ein Bestechungsvorwurf eines Lobbyisten aus der Industrie im Raum, wieder mal ist von einem Begünstigungsfall gegen einen Politiker, auch wenn er im parteipolitischen Geschehen nicht zu den ganz Vorderen zählt, die Rede. Fast schon ein Routinefall – doch dieses Mal im Doppelpack: Unternehmer und Politiker in Personalunion. Für die Presse, gerade die regionale, ein gefundenes Fressen.

Ist ein Fall von den Medien hinreichend ausgeschlachtet worden, muss ein neuer her. Mit diesen Gedanken fährt Karl D. am Morgen ins Büro. Die berichterstattende Presse muss leben, um zu überleben. Da braucht es die Sensationen, die beim Volk die Seelen zum Kochen bringen. Wir wissen ja, wie Storys gemacht werden, um sie erfolgreich zu publizieren. Und dass es in den oberen bis mittleren Ligen der Politik kaum einen geben dürfte, der nicht locker gezielt in irgendwas verwickelt werden könnte, ist für Karl D. logisch. So einfach ist das, wenn man jemanden los werden will: Man setzt irgendeinen Vorwurf in die Welt, irgendwas ist immer dran, irgendein Journalist, der es mit dem Recherchieren nicht so genau nimmt, greift das auf und verbreitet was, irgendjemand fühlt sich veranlasst, daraufhin irgendetwas zu dementieren. Und schon zieht ein neuer Skandal seine Kreise ...

Jeder macht mit und will der Schnellere sein, und natürlich auch im Sinne von Effekthascherei der Sensationellere sein. Dabei kommt es auf den Wahrheitsgehalt der Botschaft nicht mehr so genau an. Die Auflagenhöhe ist wichtig, bei den Verlagen ist die Leserbindung entscheidend, bei den Sendern bilden die Zuhörer oder Zuschauer die Quote, alles muss gesteigert werden, die Konkurrenz wird immer bedrohlicher. Und an die eigene Sicherheit des Arbeitsplatzes muss auch gedacht werden. Da ist es schon unabdingbar ausschlaggebend, unmittelbar der Schnellere zu sein, Quantität dazu zu dichten statt saubere journalistische Qualität zu liefern. Da heißt es, näher dran zu sein, ja sogar drin zu sein – wenn notwendig, auch in die Eingeweide Betroffener einzudringen und darin rumzurühren.

Gerade im regionalen Raum braucht es in den Medien Sensationen, und speziell dann, wenn es um Menschen geht, die zu einem gewissen Grad im öffentlichen Interesse stehen. Und die – wie in diesem Falle wieder einmal – vermeintlich für ihre eigenen persönlichen Interessen „über Leichen" gehen. Auch wenn es dieses Mal bis dato noch keinen Toten gegeben hat.

Und dann muss man als Pressevertreter auch schon mal über die nicht vorhandenen Leichen gehen, vor allem, wenn es grad keine echten spektakulären Todesfälle zu verzeichnen gibt. Die Order von ganz oben (in den Verlagen und Sendeanstalten natürlich) an die Redakteure ist klar vorgegeben: Wenn schon kein Mord, dann muss bitteschön zumindest ein Rufmord die Titelseiten respektive die Auftaktnachrichten füllen. Schädigung anderer auf Kosten der eigenen Haut, die es zu retten gilt – in diesem Kontext erscheint die Pressefreiheit in einem ganz anderen Scheinwerferlicht.

So ist es dann auch zu lesen, zu hören und zu sehen: In der gedruckten Presse überschlagen sich gleich am Morgen die Ereignisse. Die beiden ortsansässigen Tageszeitungen übertrumpfen sich durch markante Lettern, je nach Couleur und standespolitischer Ausrichtung ihrer überparteilich-unabhängigen Meinungsbildung mal mehr hetzender, mal etwas weniger verletzender. Nur in beiden Medien wird erkennbar: Für den Leser muss sich Betroffenheit flächendeckend breit machen. In den bewegten Medien zählt der Lifestyle. Es reicht heutzutage nicht mehr, nur in die Intimsphäre einzudringen, auch die verschlungenen sphäre einzudringen, auch die verschlungenen Innereien müssen durchleuchtet sein. Man will nicht nur wissen, was derjenige denkt und fühlt, man soll auch erfahren, wie sein Hirn tickt, sein Herz schlägt, sein Magen knurrt, sein Darm floriert, seine Nerven zucken. Wie schon seit langem praktiziert: Nicht nur ganz nah dran, auch ganz tief drin sein.

Die Zunge in Volkes Maul muss bewegt werden. Arbeitskollegen brauchen Futter für ihre Mittagspause, der Stammtisch braucht nicht nur geistige Flüssigkeiten, sondern auch handfeste Nahrung, die mit der Faust auf den Tisch geschlagen werden kann. Die Volksseele muss brodeln, dampfen, aus den Poren schwitzen. Der kleine Mann auf der Straße braucht lodernde Gewittersalven, um wieder mal über die Großen da oben wettern zu können.

Mit all dieser Gedankenfülle, die er in seinem Kopf zu schleimigem Brei verrührt hat, ist Karl D. in seinem Büro angekommen. Mit Zorn im Hals, mit Wut im Buch. Und: Zwischen dem morgendlichen, allwöchentlichen Angekommensein und den seit Jahren von ihm erhofften gibt es eine gewaltige Diskrepanz: In seinem Büro angekommen heißt, dass er immer noch nicht routinemäßig die Chefetage betritt. Obwohl Karl D. seit bald 40 Jahren dabei ist, wurde ihm dieser Schritt bis heute nicht vergönnt. Angefangen als Lehrling, hat er sich Jahr für Jahr hochgedient, bis zum 2. Mann im Laden, der er zu seinem 25jährigen Firmenjubiläum geworden ist. Der Laden, wie er hier vor Ort in der Gemeinde umgangssprachlich von allen genannt wird, ist ein mittelständisches Unternehmen, spezialisiert auf die Produktion von Präzisionsteilen, klassischer Zulieferbetrieb, ca. 200 Mitarbeiter, mit durchaus respektablen Zuwachsraten, über die Jahre hinweg solide Umsätze, also ganz gesund. Doch mit immer härter werdenden Bandagen, von Konkurrenten aus dem Ausland bedrängt, von den Auftraggebern durch extrem knapp kalkulierte Margen geknebelt, muss das Unternehmen seit Jahren mehr und mehr um seine Existenz kämpfen.

Seit letztem Jahr nun gab es in der Geschäftsführung des Unternehmens eine gravierende Veränderung, sehr unerfreulich für Karl D. Bis Mitte des Jahres lag die Leitung im Familienbesitz: Erst der Alte, sein erster Chef, der Karl D. damals als Stift einstellte; dann der Junior, die nächste Generation. Unter seiner Führung wurde er zum Stellvertreter. Eine weitere Generation war nicht in Sicht, der Junior, inzwischen auch im Pensionsalter, hat zwei Töchter, die mit Präzision nicht viel im Sinn haben. Als der Junior mit 66 Jahren seine Geschäfte abgab, rechnete im Unternehmen jeder damit, dass Karl D. die Geschäftsführung übernimmt. Bis auf Karl D. selbst, der bereits wusste, dass ihm ein neuer Mann, ein Externer, von einem unmittelbaren Konkurrenten abgeworben und vom leider zu diesem Zeitpunkt schon arg altersstarrsinnigen Junior noch kurz vor seinem Ausscheiden vor die Nase gesetzt wurde. Mit der fadenscheinigen Begründung, dass damit ein gefährlicher Kontrahent erst einmal deutlich geschwächt würde.

Mit dieser Tatsache ging für Karl D. ein Traum zu Ende – sein Traum, den er von Anfang an, zumindest die letzten 30 Jahre geträumt hatte. Für ihn, der im Unternehmen groß geworden ist, mit allen Internas bestens vertraut, der die Geschicke der Firma auch in manch turbulenter Krisenzeit souverän mitgestaltet und das Unternehmen maßgeblich zum Erfolg geführt hat; besonders in den letzten Jahren, als der zweite Alte wirklich nicht mehr ganz auf der Höhe einer Geschäftsführung war. Kurz, die Entscheidung des Chefs, einen Nachfolger zu bestellen, der nicht Karl D. hieß, tat weh, brach dem Menschen, der für nichts anderes als dieses Unternehmen gelebt und den festen Glauben hatte, sich mit knapp 58 Jahren doch noch auf dem Stuhl des Geschäftsführers wiederzufinden, das Genick.

Kurz und schlecht, der neue Mann, Udo S., knapp 19 Jahre jünger als er, kam – wurde Karl D. ohne großes Brimborium vor die Nase gesetzt. Karl D. wusste es bereits Monate zuvor, die Mitarbeiter des Betriebes nicht, sie wurden erst am Tag X von der Personalentscheidung wie vor den Kopf gestoßen. Es gab viel Unruhe. Ein altes Sprichwort sagt, dass neue Besen gut kehren. Dieser neue Besen jedoch kehrte so gut, dass viele alte nicht mehr gebraucht wurden. Das brachte der Neue gleich in den ersten Wochen nach seinem Antritt deutlich zum Ausdruck. Die Folge waren betriebsbedingte Entlassungen, etliche jüngere Mitarbeiter, auch in wichtigen Funktionen, kündigten von sich aus, das Unternehmen verlor an Glanz und fachlicher Kompetenz, die Umsatzzahlen stagnierten plötzlich, lediglich die Rentabilität, das hatte Udo S. geschafft, konnte gesteigert werden, zu Lasten der Mitarbeiter.

Das Zusammenhörigkeitsgefühl, die Atmosphäre, das Betriebsklima war dahin. Die noch verbliebenen Mitarbeiter hielten weitestgehend zu Karl D. Das war wiederum Udo S. ein Dorn im Auge, der seinen zweiten Mann, der inzwischen zwar nicht gegen, doch auch nicht mehr für seinen neuen Chef arbeitete, am liebsten ebenfalls beseitigt hätte. Nur, eine Klausel im Vertrag, den sein alter Chef noch im Vollbesitz seiner geistigen Kräfte einbaute, garantierte Karl D. eine Beschäftigung bis zu seiner Pensionierung, so lange es das Unternehmen gibt. Und das im gegenseitigen Einvernehmen, auch Karl D. hatte sich verpflichtet, unter dieser Prämisse bis zu seinem Ausscheiden mit 65 dem Unternehmen treu zu bleiben und nicht zu kündigen. Leider hatte die Klausel einen Haken. Auch wenn die Bezüge nicht gekürzt werden konnten, über Position und Funktion waren keine klaren Vereinbarungen getroffen. So sah sich Karl D. nach einem Jahr unter der Ägide von Udo S. als neuem Geschäftsführer plötzlich als Abteilungsleiter Disposition und Logistik wieder.

Diese Degradierung war gleichzusetzen mit einem unaufhaltsamen Abstieg des Karl D. Inzwischen stark auf die 60 zugehend, vor Ort hatte er eine respektable Villa gebaut, seine Familie hat sich im gesellschaftlichen und sozialem Bereich der Gemeinde ein hohes Ansehen erworben; er und seine Frau sind in der Gemeinde aktive, wichtige und gern gesehene Repräsentanten. Auf einen Nenner gebracht, ein „Auszug aus Ägypten" wäre für Karl D. das totale Ende. Seinen Job aufgeben geht gar nicht, das hätte seine Altersbezüge empfindlich durcheinandergebracht. Und weitermachen ist eigentlich auch unmöglich, dieser berufliche Absturz war schon Gesprächsthema genug im Ort. Ein jeder schaute bereits auf ihn, was er zu tun gedachte. Um zu bestehen, musste Karl D. Rückgrat zeigen. Dabei konnten und mussten ihm seine persönlichen Beziehungen in seiner Umgebung, die er aufgrund seiner Zugehörigkeit gut gepflegt hatte, weiterhelfen. Geflechte, die Udo S. nicht für so wichtig erachtete – er war überzeugt davon, dass seine guten Kontakte zu den politischen Gremien und zu den führenden Köpfen in der Wirtschaft, zumal in dem Bereich, zu dem sein Unternehmen zählt, ausreichen. Er fühlte sich bestens vernetzt, da muss er sich doch nicht noch mit Honneurs in die Niederungen des bürgerlichen Gemeinwesens begeben. Und somit war er auch nicht bereit, sich unmittelbar einzubinden, er verzog sich am Wochenende lieber in seine alte Heimat, rund 150 km entfernt.

Gutgemeinte Ratschläge von Freunden, Kollegen und wohlgesinnten Bürgern seiner Heimatgemeinde bekam also Karl D. zuhauf. Doch sie halfen ihm nicht weiter; die innerbetrieblichen Usancen, zu denen nun Udo S. sein Zepter schwang, haben ihre eigene Gesetzmäßigkeit, jedenfalls andere als sie im Kegelverein, Tennisclub, Liederkranz, Kaninchenzüchterverein oder in den einschlägigen Bürgerinitiativen und -gruppierungen funktionieren.

Da kam der jüngst in der Presse breitgetretene Korruptionsskandal Karl D. gelegen. Es war zwar einer auf Landesebene, also um einige Ebenen höher angesiedelt – doch wer weiß schon so genau, inwieweit dabei nicht auch die Fäden bis in die politischen und wirtschaftlichen Niederungen des hügeligen Hinterlandes gezogen bzw. geknüpft worden sind. Vor Überraschungen ist man ja bekanntlich nie gefeit.

Draufgebracht hatte ihn der Chefredakteur einer der örtlichen Tageszeitungen schon vor einigen Wochen anlässlich der Mitgliederversammlung des Bürgervereins. Natürlich hatte ihn sein Freund von der Presse nicht direkt gestupst, als seriöser Journalist der alten Schule hält er den Ehrenkodex der Ehrlichkeit, der persönlichen integeren Seriosität und auch der souveränen Unabhängigkeit noch hoch. Doch indirekt war es schon eine interessante Bemerkung, die er, vielleicht sogar unbewusst, äußerte. Nur wenige Sätze im Zusammenhang mit dem kurz diskutierten Rücktritt eines hochkarätigen Landespolitikers, die Karl D. jedoch nicht mehr aus dem Kopf gingen: „Setze irgendein Gerücht in die Welt und du wirst sehen, dass irgendeine Gazette das Thema aufgreift. Und ich garantiere, irgendwas Wahres wird an jedem Gerücht dran sein. Die heutigen Zeitungsfritzen werden, wenn sie direkt drauf gestoßen werden, schon was finden. Und entsprechend ausschlachten."

Für Karl D. wurde mit dieser versteckten, verdeckten Botschaft klar, ein Gerücht musste her. Und dies seinem Freund, dem Chefredakteur, zugespielt, anonym selbstverständlich, wird es schon in die richtigen Hände kommen. Ein lancierter Artikel in der Presse, über Udo S. und seine korrupten Machenschaften, das weckt Volkes Zorn, zumindest den in seiner Gemeinde. Es muss nicht immer gleich was Großes sein, was an die Glocke gehängt werden muss, Politik und vor allem schmutzige Politik funktioniert auch im Kleinen. Und eine kurze, geschickt eingefädelte Querverbindung zum gerade zurückliegenden größeren Skandal könnte ja etwas auslösen, was einem anderen schadet und die eigene Haut zu retten hilft, sie geschmeidig schützt.

Der Plan war da, jetzt galt es, ihn nur noch geschickt umzusetzen, ohne dass der Verdacht auch nur im Entferntesten auf Karl D, auf ihn, den Drahtzieher hinter dieser Aktion, fallen durfte. Und dabei kam ihm Udo S., ohne zu ahnen, was er schon ausgelöst hatte, auch noch entgegen.

Über ihn gab es schon seit Längerem einen Gerüchtesud, dass er in seiner vorherigen Firma als Personalchef etliche Entscheidungen getroffen hatte, die über den Kopf des Betriebsrates hinweg zu Entlassungen führten. Von Mobbing war die Rede, von Vorkommnissen, die Mitarbeiter in die Arbeitslosigkeit, in den beruflichen und damit auch privaten Absturz führten und zu psychisch Angeknacksten machten. Und das Entscheidende war, Udo S. machte keinen Hehl aus diesem Thema, im Gegenteil, er schürte die Gerüchte, wollte damit untermauern, wer in seinem neu übernommenen Laden das Sagen hat und was die erwarten dürften, die ihm nicht Folge leisten. Ein gefundenes Fressen, genial, dachte sich Karl D., jetzt muss das nur noch geschickt formuliert und eingefädelt werden, um es dann auch der richtigen Person zuzuspielen.

Der Zeitpunkt war günstig, die Bevölkerung war sensibilisiert, und wenn es dann noch um Lokales ging, bei dem ein alteingesessener, beliebter Bürger Schaden erlitten hatte durch einen Reingeschmeckten, der überzeugt war, tabula rasa machen zu können ... Er wirds dem schon zeigen, da war sich Karl D. sicher.

Den lancierten, aus seiner Sicht gnadenlos gut geschriebenen und anonym verschickten Brief, natürlich kein Name in der Adresse, nur an den Verlag, hatte er vor etwa drei Wochen in den Briefkasten gesteckt. Er bekam ja gesteckt, dass alle unpersönlich adressierten Briefe grundsätzlich erst einmal über den Tisch des Chefredakteurs gingen. Auch der Ort, an dem er den Brief aufgegeben hatte, war gut gewählt. Eine Geschäftsreise, die Karl D. rund 300 km in den Norden führte, kam wie gerufen. Die Besprechung endete an einem Freitag gegen 14.00 Uhr. Gegenüber seiner Frau gab er vor, die Stadt, die er noch nicht kannte, danach in kultureller Ansichtssache zu besichtigen und erst spät in der Nacht wieder heimzukommen. In Wirklichkeit fuhr Karl D. stattdessen nach Berlin, 3 Stunden hin, warf den Brief dort ein, fuhr dann gen Heimat und kam gegen Mitternacht wieder zu Hause an. Wie in einem guten Spionagefilm, dachte Karl D. auf der Heimfahrt.

Doch danach, nach etwa drei Wochen, wurde Karl D. dann doch von Tag zu Tag unruhiger, jeden Morgen hastig der Blick in die Zeitung ... – nichts, kein Artikel, keine einzige Zeile. Seinen Freund bei der Zeitung konnte er ja nun wirklich nicht fragen, warum und weshalb. Er machte sich wirre Gedanken, ob der Brief überhaupt angekommen ist und wenn ja, auch in die Hände seines Freundes gelang. All das machte ihn kirre und zugleich mürbe. Hinzu kam, dass er sich nach Rückkehr seiner damaligen Geschäftsreise gegenüber seinem Chef ziemlich weit aus dem Fenster lehnte, er erlaubte sich einige gewagte Äußerungen, mit der Gewissheit, dass sein Vorgesetzter bald im Kreuzfeuer der Kritik stehen dürfte. Die Stimmung zwischen den beiden wurde immer angespannter, unerträglicher. Und nun das noch, dass der lang erhoffte Zeitungsartikel womöglich gar nicht erschien!

Ein Monat war vergangen, das vierte Wochenende, dass er grübelnd in sich gekehrt verbrachte. Irgendwas musste passieren, am Montag hieß es etwas unternehmen: Plan B. Schließlich konnte er ja in der Vergangenheit eindrucksvoll unter Beweis stellen, dass er das Zeug zum Unternehmer hat. Außerdem standen die verbliebenen Mitarbeiter weitestgehend, zumindest von den Funktionen her die wichtigen, hinter ihm. Zielstrebig fuhr er Montag früh in die Firma ... nur, als er sie betrat, war alles ganz anders.

Als er kämpferisch die Tür zum Chefbüro öffnete, erstarrte Karl D. Das Büro war leer. Nicht nur Udo S. war offensichtlich verschwunden, auch alle seine Unterlagen, die er im Büro aufbewahrte. So wie es aussah, relativ hastig zusammengepackt. Es sah auch ein Stück weit eher nach einem Einbruch aus. Karl D. eilte zurück in sein Büro, seine daraufhin geführten Telefonate trugen allerdings nicht zur Aufklärung bei. Schließlich rief er die Polizei, die kurze Zeit später kam. Im Schlepptau die Presse, irgendwer hatte auch sie informiert, in diesem Falle kam der Chefredakteur höchstpersönlich. Er witterte wohl dann doch auch einen aufsehenerregenden Fall für seine Zeitung.

Einen Fall von schwerwiegender Wirtschaftskriminalität, wie sich bald herausstellten sollte. Udo S. stand unter Verdacht, in seiner alten Firma rund eine halbe Mio. Euro unterschlagen zu haben, ergab eine Überprüfung der Finanzdirektion der Stadt, in der er lebte, im Zusammenspiel mit der extra eingerichteten Sonderkommission für Wirtschaftsdelikte. Aufgrund einer der Behörde auf nicht genannte Weise zugespielten Information kam der Stein ins Rollen, Udo S. wurde mit vorläufigen Haftbefehl gesucht. Im Gegensatz zur örtlichen Polizei bekam er davon sehr viel früher Wind – wie so oft waren auch dabei gute Netzwerk-Maulwürfe am Werk. Jedenfalls reichte es Udo S., sein Büro rechtzeitig vorher auszuräumen und abzutauchen. Aber: So ganz reichte es dann doch nicht – am Flughafen Amsterdam wurde er mit gefälschten Papieren kurz vor Besteigen einer Maschine nach Surinam gefasst ...

Am frühen Abend dieses denkwürdigen Tages saßen Karl D. und sein Freund, der Chefredakteur der Zeitung, im „Goldenen Anker" bei einem guten Essen beisammen. Der Freund wollte ihn offiziell interviewen, um seinen groß und spektakulär angelegten Artikel für den nächsten Tag noch durch einige authentische Aussagen aus dem Mund des designierten Geschäftsführers zu untermauern. Auf die rein rhetorische Frage, wer wohl der Finanzdirektion eventuell was zugespielt haben könnte, zu der Karl D. dann doch Mut fasste, sie zu stellen, wusste sein Freund, der erfahrene Journalist, nur ein Schulterzucken. Auf seine Bemerkung, dass ein bibelfester Christ aus der Zunft der ehrenwerten Sprachschöpfer von den verschlungenen Wegen Gottes nicht alles weiß, räumte bei beiden der abschließende Schnaps wunderbar alle inneren Verdauungsgänge auf.

(2006)

Tödliche Potenz

Hauptkommissar Schmitz war einfach nur noch müde. Gerade eben schickte er den Sechstausendfünfhundertsiebenundachtzigsten ins gegenüberliegende Büro, wo sein Assistent von jedem Einzelnen die Personalien aufnahm, die Aussagen protokollierte und die immer gleichen Beweisstücke aus neuen zittrigen Händen entgegennahm. Wieder eine Karteileiche mehr, resignierte Schmitz, andererseits gab es damit Gott sei Dank keine weitere echte.

Dieser echte Tote ist allerdings seit vorgestern Morgen aktenkundig; der befürchtete erste Mord, vom Täter breit angekündigt und wie geplant erfolgreich ausgeführt. Wobei Schmitz davon ausgehen musste, dass es eine Reihe weiterer dieses Strickmusters geben wird. Er zwang sich, seine Ohnmacht zu verbergen, und suchte schon seit Stunden verzweifelt einen Anhaltspunkt, um das befürchtete Gesetz der Serie zu vereiteln. Ein verhängnisvoller Fehler, davon ging Schmitz aus, dürfte dem Täter ganz bestimmt nicht unterlaufen, Wahnsinn und Genialität liegen eng beieinander. Und dass es ein Wahnsinn ist, was dieser selbst ernannte A. Genius nach dem jetzigen Stand der Ermittlungen geplant und ausgeführt hatte, lag für Schmitz auf der Hand. Wobei er Satz für Satz, Wort für Wort aus den vorliegenden und inzwischen hinreichend bekannten angekündigten Drohungen auswendig vor sich hersagen konnte.

Bevor der nächste vermeintlich Betroffene in sein Büro im vierten Stock reinzitterte, verließ Schmitz das Kommissariat. Sein Weg führte ihn, wie immer, wenn er nicht weiter wusste, in die Altstadt, runter an den Rhein, flussabwärts am geografisch gesehen linken Ufer entlang, über die Severinsbrücke, und dann auf der rechten Seite, der „Schäl Sick", wie die Kölner sagen, weiter bis zum Rheinpark. Dort setzte er sich auf eine Bank, schaute auf das träge dahinfließende Wasser. Irgendwann, meist dann, wenn sich hoffnungsvoll eine Schlinge seiner Knoten im Kopf löste, ging er über die Hohenzollernbrücke, neben den Bahngleisen, wieder zurück in sein Büro im Polizeipräsidium, in den vierten Stock des Kriminalkommissariats.

Doch an diesem Tag, das spürte Schmitz bereits beim Hinweg auf der Brücke, wenn er seinen obligaten Spuck in den Rhein vollführte, brauchte er mehr Zeit auf seiner Bank. Kieselstein um Kieselstein in den Rhein werfend, blieben seine Gehirnwindungen verknotet. Zum 'zigsten Male rekapitulierte er die Geschichte, diese Wahnsinnsgeschichte, und zum 'zigsten Male musste er sich eingestehen, dass er kapitulierte. Bis zu diesem Zeitpunkt waren es also sechstausendfünfhundertsiebenundachtzig E-Mails, die ein A. Genius nachweislich alle verschickt hatte, vielleicht jetzt schon wieder einige mehr, über die seit Schmitz' Abwesenheit inzwischen neue Betroffene im Kommissariat berichteten. Die Gedanken des Hauptkommissars drehten sich kreuz und quer im Kreis.

Alle E-Mails hatten den gleichen Inhalt. Und in der Absenderzeile oben stand immer „*a@genius.com*". In der Betreffzeile hieß es dann weiter: „*Potenz wird mit dem Tode bestraft*". Der weitere Text war relativ kurz und knapp, und in seiner präzisen Wortwahl verbreitete er bei seinen Empfängern Angst und Schrecken: „*Sie Sau! Und Sie arme Sau! Wohldosiert steigert Viagra Ihre Potenz, das wissen Sie. Doch Sie haben eines nicht bedacht: meine Omnipotenz. In einer Tablette der von Ihnen bestellten und bereits erhaltenen Viagra-Packung ist eine Überdosis des Wirkstoffes. Und zwar so potenziert, dass sie tödlich wirkt. Willkommen im Club der toten Viagraner, Ihr A. Genius*".

Schmitz hatte die Zeilen längst verinnerlicht, konnte sie im Schlaf, den er allerdings seit zwei Tagen nicht mehr fand, aufsagen. Nachdem sich die ersten hundert Empfänger mit der ausgedruckten E-Mail und der Viagra-Packung bei der Polizei meldeten, hatte sein Chef beschlossen, die Presse zu informieren. Obwohl die Laboruntersuchungen bei keiner der abgegebenen Packungen eine manipulierte

Tablette ergab. Weder bei diesen noch bei allen weiteren, bisher analysierten Packungen. Bis zum Mord war Schmitz gegen die Entscheidung seines Chefs, damit an die Öffentlichkeit zu gehen. Weitere Hunderte stürmten daraufhin umgehend in Minutenabständen das Kommissariat, bis zum ersten Todesfall waren es über sechshundert Männer, bzw. waren auch etliche Frauen darunter, die von ihren Männern geschickt wurden. Nachdem einen Tag später die Zeitungen über den Mordfall berichteten, stieg erwartungsgemäß die Zahl binnen weniger Stunden explosionsartig auf fast zweitausend an. Kopfschüttelnd versuchte Schmitz beim Blick auf ein vorbeiziehendes Containerschiff die hohe Zahl der potenziellen Käufer zu begreifen. Davon ausgehend, dass es darüber hinaus eine noch höhere Dunkelziffer von Betroffenen geben dürfte, die sich nie trauen würden, ihr Potenz-Problem offen preiszugeben, wird wohl die Zahl impotenter Bürger allein in einer Stadt wie Köln bestimmt fünfstellig sein, ging ihm durch den Kopf.

Nochmals die Tatsachen, die in Schmitz' Hirn unten am Rhein durch seine Synapsen ratterten. Bisher gibt es über sechseinhalbtausend ängstliche Zeugen, die alle die gleichlautende E-Mail erhielten, die alle mit ihrer Packung und einige auch mit mehreren Packungen Viagra ins Präsidium kamen, bei denen jedoch bis dato laut den Untersuchungsanalysen keine einzige Viagra-Tablette verändert wurde. Dagegen stand bis jetzt ein Todesfall, herbeigeführt durch eine Überdosis des Viagra-Wirkstoffes: ein zweiundsechzig Jahre alter Rechtsanwalt, gut gehende Kanzlei mit drei weiteren Kompagnons, aufgefunden von seiner Lebensgefährtin in der gemeinsamen Wohnung in einer der nobleren Vorortgegenden Kölns. Die naheliegenden, möglichen Tatverdächtigen konnten alle ein stichhaltiges Alibi nachweisen, auch die Lebensgefährtin, eine vierzigjährige Bardame, seriös, wie sie betonte, war bis in die Morgenstunden in ihrem Lokal und fand den toten Anwalt, als sie gegen sechs Uhr morgens sein Schlafzimmer betrat, um ihn zu wecken. Die Viagra-Packung lag geöffnet neben seinem Bett, insgesamt fehlten vier Tabletten, die Obduktion ergab, der Tod trat durch Herzstillstand ein, aufgrund einer extrem hoch zugeführten Menge des Viagra-Wirkstoffes Sildenafil. Viagra, gab die Lebenspartnerin zögernd zu Protokoll, nahm ihr Freund bereits seit Jahren. Ob er allerdings ebenfalls eine E-Mail mit dem besagten Inhalt bekam, konnte bis jetzt noch nicht geklärt werden. Daheim auf seinem Rechner gab es keine Nachricht, vielleicht hatte er sie auch gleich gelöscht. In der Kanzlei, das war zu erwarten, fand sich auch nichts, zumal sich seine Freundin auch daran erinnern konnte, dass er seine Viagra-Rationen immer von seinem privaten Rechner aus bestellte und diese auch immer nach Hause geliefert bekam. Wann er allerdings seine letzte Bestellung per Internet aufgab, konnte sie nicht sagen.

So wie in allen anderen bekannten sechstausendundungrad Fällen hatte auch der getötete Rechtsanwalt übers Internet bestellt, ein Großteil zum wiederholten Male, etliche jedoch auch erstmalig. Und zwar bei einer Firma, die von Holland aus ihren Versand abwickelte und höchstwahrscheinlich ihren Hauptsitz irgendwo in der Karibik hat. Die Endung der Internetadresse brachte jedenfalls nichts Erhellendes, bei „dot com" auch kein Wunder. Die niederländischen über Interpol eingeschalteten Kollegen konnten keine Ungereimtheiten oder Auffälligkeiten bei ihrer Überprüfung feststellen, alles lief legal. Was ja auch an den einwandfrei verpackten Tabletten nachweislich erkennbar war, zumindest bis zum jetzigen Zeitpunkt – allerdings bis auf die einzige bisher ermittelte und tödlich ausgegangene Ausnahme, die nichts als Rätsel aufgibt.

Hauptkommissar Schmitz trottete mit hängendem Kopf zurück, die Öffnung eines Knotens im Hirn zeigte sich bei ihm heute nicht. Als er in sein Büro kam, prostete man sich gerade zu, ein Kölsch musste jetzt sein, obwohl es dabei mehr einer „Galgenrunde" entsprach: Der Sechstausendsechshundertsechsundsechzigste verließ vor wenigen Minuten das Kommissariat. Nur Augenblicke später, die Uhr zeigte kurz nach halb vier nachmittags, die Bierflaschen waren noch nicht einmal zur Hälfte leer getrunken, kam die Nachricht über den Fund einer neuen Leiche, die eine Putzfrau bei ihrer wöchentlichen Säuberungsaktion in einer Maisonettewohnung im Innenstadtbezirk entdeckte.

Der Tote, ein achtundfünfzigjähriger Bauunternehmer, geschieden, allein lebend, starb zwischen zwei und vier Uhr in der vorangegangenen Nacht, offensichtlich an den Folgen einer Überdosis Viagra – so stand es bereits im vorliegenden vorläufigen Obduktionsbericht. Darüber hinaus befand sich eine geöffnete Packung, in der zwei Tabletten fehlten, auf der kleinen Ablage, auf der auch die Brille des Opfers lag, neben dem Bett. Sonst gab es keine Hinweise. Nicht einmal ersichtlich war, dass dieser Mann Damenbesuch empfangen hatte, es sei denn, diese möglicherweise erwartete Dame war seine Mörderin und hinterließ, wahnsinnig und genial, keine Spuren. Die Putzfrau kam ebenfalls nicht in Frage, ein Anruf bei ihrem Mann ergab, dass sie in der besagten Tatzeit neben ihm im Ehebett lag, konkreter gesagt, mehr unter ihm, da er in dieser Nacht reichlich Alkohol zu sich nahm und sie nicht wie sonst üblich zum Einschlafen kam. Dieser Ehemann brauchte laut Aussage seiner Frau auch ganz gewiss kein Viagra, stand ergänzend im Protokoll.

In der folgenden Nacht fand Schmitz wiederum keinen Schlaf, obwohl er zuvor weder Unmengen von Alkohol trank noch eine Frau im Bett hatte. Zwei ungeklärte Morde lagen ihm im Magen. Der endgültige Obduktionsbericht, den er am nächsten Vormittag nach einer weiteren, kurzfristig anberaumten Pressekonferenz vollkommen übermüdet zu lesen bekam, bestätigte die bereits für ihn klare Todesursache – sie glich fast exakt der jener ersten Mordtat.

Inzwischen lag eine vollständige Adressliste des Viagra-Lieferanten durch die holländischen Kripo-Kollegen vor.

Insgesamt – Schmitz hörte und staunte, bzw. las er eigentlich und war gar nicht mehr überrascht – wurden im Großraum Köln, innerhalb eines Radius von dreißig Kilometern, elftausendsiebenhundertzweiundvierzig Personen beliefert, davon exakt vierhundertfünfzig in den letzten drei Monaten. Irgendwie vermutete Schmitz, dass die Mordopfer und möglicherweise weitere zu erwartende Opfer ihre Packungen vor nicht allzu langer Zeit bestellt hatten, einmal fehlten vier, beim zweiten Mal lediglich zwei Tabletten. Doch was ihn bei der Überprüfung der Adressen stutzen ließ, war die unumstößliche Tatsache, dass das zweite Opfer nicht auf der Liste stand. Der Rechtsanwalt war wohl regelmäßiger Kunde, bestellte nach Ermessen von Schmitz auch relativ häufig, er musste wohl anscheinend seiner Freundin gegenüber deutlich oft Stellung beziehen. Der Bauunternehmer jedoch gehörte demnach nicht zur Klientel, es wurde auch nach nochmaliger Rücksprache bei den holländischen Kollegen nicht nachweisbar, dass er mit dem Lieferanten jemals per E-Mail oder Internet Kontakt hatte. Ein erstes Indiz für Schmitz, dass das Gesetz der Serie, das er zwar noch nicht erkennen konnte, nach anderen Gesetzmäßigkeiten erfolgte und höchstwahrscheinlich die weitere Aufklärungsarbeit, davon war auszugehen, noch komplizierter macht als bisher angenommen.

Entgegen den Äußerungen seiner Kollegen stand für Schmitz fest, dass demnach auch elftausendsoundsoviel E-Mails, die, so war zu vermuten, vom Täter, dem wiederum nur namentlich bekannten A. Genius, verschickt wurden, zwar Panik auslösen sollten und auch meist ausgelöst hatten, damit aber vom eigentlichen Motiv ablenken sollten. Keinen endgültigen Beweis, doch ein Indiz erbrachte für den Hauptkommissar eine Befragung – Schweigepflicht hin oder her – in den umliegenden Arztpraxen und Apotheken im Stadtteil, in dem der Bauunternehmer wohnte. An diesen Patienten oder Kunden sollte sich niemand erinnern, somit konnte davon ausgegangen werden, dass er in seinem unmittelbaren Wohnumfeld weder Viagra verordnet bekam noch ein Rezept eingelöst oder gekauft hatte. Eine erneute Obduktion beim zweiten Opfer bestätigte dann letztlich die Hypothese von Schmitz, dass dieser Mensch bis zur Einnahme der Überdosis noch nie in seinem Leben jemals diesen Wirkstoff zu sich nahm. Schmitz rätselte zwar rum, wie die Kollegen vom Gerichtsmedizinischen Institut dies feststellen konnten, empfand es allerdings als kleine Genugtuung, dass er mit seiner Vermutung in diesem Fall wohl recht hatte. Doch es änderte nichts an der Tatsache, dass weder Täter noch Motiv bekannt waren, noch irgendwie damit klarer wurde, wie er ihm auf die Spur kommen kann. Für Schmitz entstanden immer neue Knoten, die sich in seinem Schädel breitmachten.

Der Hauptkommissar und seine Kollegen konzentrierten sich zunächst weiter auf die beiden Opfer. Auf den ersten Blick konnten sie keine Gemeinsamkeiten, keine übergreifende Schnittmenge erkennen. Und genau das ließ Schmitz nicht ruhen. Für ihn war es naheliegend, ja fast schon eindeutig, dass der Täter mit seinen beiden vom Strickmuster her identischen Taten die Ermittlungen ganz bewusst auf irgendwelche Zusammenhänge, die die beiden Toten verband, bringen wollte. A. Genius, wer oder was sich auch immer dahinter verbergen sollte, war sich in seinem Wahnsinn und seiner Genialität absolut sicher, dass er ein perfekter Mörder ist. Und dass er weitere Taten planen würde, daran hatte Schmitz keine Zweifel. Was nun folgte, war ein Katz- und Mausspiel. Bei dem Schmitz allerdings zum eindeutigen Sieger werden wollte.

Den Schlüssel zum Tatmotiv fand Schmitz in der Tat bei den Befragungen in der Rechtsanwaltskanzlei und bei der nochmaligen akribischen Sichtung der Unterlagen des Bauunternehmers. Sein Ziel, ganz gezielt bestimmte Menschen zu töten, hatte der Täter erreicht, und damit war die Fährte gelegt. Eine Fährte, von der der Mörder überzeugt war, dass sie ihm immer einen ausreichenden Vorsprung lassen würde. Um dies in Zukunft zu verhindern, brauchte der Hauptkommissar wieder mal seine Runde am und über den Rhein, selbstverständlich mit dem obligaten Spuck. Inzwischen saß Schmitz auf seiner Bank, blickte auf das Panorama, das ihm die andere Rheinseite bot, links angefangen mit dem Dom, der hinter der Hohenzollernbrücke thront, bis rechts zu den Hochhäusern in Höhe des Ebertplatzes, vor denen immer noch direkt am Ufer die Weckschnapp steht; jener Gefängnisturm, in dem im Mittelalter überführte Täter entweder gnadenlos verhungerten oder aber, wenn sie es vor Hunger nicht mehr aushielten, nach dem lockenden, jedoch für die Insassen nicht erreichbaren Wurstwecken schnappten, deren Griff daraufhin auch erfolglos blieb, weil durch einen besonderen Mechanismus der Häftling in den Rhein und damit in den sicheren Tod stürzte. Schmitz musste unweigerlich an diesen A. Genius denken, dem er, gäbe es heute noch dieses alte Relikt, gleiches wünschte. Doch er musste seinen Gedanken auf eine ganz andere Art und Weise sortieren.

Er rekapitulierte nochmals die Tatsachen. Der jetzt tote Bauunternehmer, damals noch Inhaber eines Installationsbetriebes, kündigte vor rund fünfzehn Jahren einem Mitarbeiter, einem gewissen Arno Neusig, fristlos wegen angeblichen Versicherungsbetrugs. Und dann löste sich ein dicker Knoten: Arno Neusig ... A. Neusig ... A. Genius – ein klareres Anagramm hätte der Täter nicht verwenden können.

Neusig alias Genius ging seinerzeit vor Gericht, verlor aber seinen Prozess durch eine dubios aufbereitete und vorgetragene Begründung des – nun ebenfalls ermordeten – Rechtsanwalts, der wiederum den Chef der Installateurfirma vertrat, und der letztlich das Gericht mehr Glauben schenkte als dem Kläger. Zumal darüber hinaus wohl drei geschmierte Zeugen auf Antrag dieses Rechtsanwaltes geladen wurden, machte das Gericht dann kurzen Prozess: Arno Neusig wurde zu acht Monaten Haft auf Bewährung und einer Zahlung von achttausend Mark verurteilt. Das

Geld hatte er nie überwiesen, bei ihm pfänden ließ sich auch nichts mehr; Neusig tauchte nur wenige Tage nach dem Urteil unter. Ein letztes offizielles Lebenszeichen von ihm, besser gesagt war es ein Todeszeichen, kam dann knapp drei Monate später aus Nicaragua. In einer von Interpol intern verbreiteten Meldung wurde der mit internationalem Haftbefehl gesuchte Arno Neusig für tot erklärt, gestorben an den Verletzungsfolgen aufgrund einer Messerstecherei, in die er verwickelt war. Bei einer Wochen später nochmals veranlassten Autopsie stellte sich dann allerdings heraus, dass der Tote ein belgischer Staatsbürger war, bei dem der Ausweis von Arno Neusig gefunden wurde. Doch zuvor – so musste Schmitz erfahren – konnte der gesuchte Neusig endgültig erfolgreich abtauchen, mit neuer Identität und gefälschten Papieren, vermutlich schon seinerzeit unter dem Namen Genius.

Das zum Thema „saubere ermittlungstechnische Polizeiarbeit in seinerzeit militärisch und diktatorisch geführten Staaten", zuckte Schmitz mit den Schultern – sein Fazit ist klar: Arno Neusig dürfte sich allem Anschein nach bester Gesundheit erfreuen. Zumindest wollte er jetzt zu erkennen geben, dass er mit seinen 58 Jahren aktiver und fitter denn je war und noch immer ist.

Ein kleines Ausflugsschiff mit mäßig besuchten Gästen an Bord schipperte vor den Augen von Hauptkommissar Schmitz rheinabwärts. Die Lautsprecherdurchsagen des Kapitäns des sogenannten Müllemer Böötchens, nach dem rechtsrheinischen Stadtteil Mülheim benannt, wo die Schiffe ab- und wieder anlegen, lenkte Schmitz ab. Einige Wortfetzen, die auf die Sehenswürdigkeiten Kölns, in diesem Falle den Rheinpark, in dem er jetzt saß, hinwiesen, konnte er verstehen. Schmitz vergrub sein Gesicht in die Hände, musste sich wieder auf seine noch nicht aufgelösten Knoten konzentrieren. Doch er spürte, dass er seiner Sache näher kam; gewiss noch nicht der Durchbruch zur Aufklärung seines Falles, aber sie verdichtete sich, in dem die Knoten sich ganz langsam lockerten. Den Schlüssel zum Erfolg, da war sich Schmitz jetzt ganz sicher, können nur die drei Zeugen in der damaligen Verhandlung bringen. Gut, die einzige Zeugin, die damalige Buchhalterin des Installationsbetriebes, dürfte wohl ausfallen, sie gehörte nun absolut nicht zum Kreis potenzieller Viagra-Verwender. Blieben zwei übrig, zwei Menschen, die aller Wahrscheinlichkeit nach absolut nichts davon wussten, dass sie auf der Todesliste von A. Genius stehen könnten. Zielstrebig pflügte Schmitz mit ausladenden Schritten zurück ins Büro, ein außerplanmäßiger Spuck auf der Eisenbahnbrücke setzte neue Energien frei.

Schmitz' berühmt-berüchtigte Gedankenkette, mit der er bisher jeden Fall lösen konnte, kam ins Laufen. Zunächst fiel das Naheliegende leider aus. Der holländische Lieferant der Viagra-Packungen vermerkte zwar in seiner Datei die jeweiligen Chargennummern, doch wie sich herausstellte, war es auf fünftausend Packungen jeweils immer die gleiche. Allein der Zeitraum des Versandes ließ sich eingrenzen, die beiden Packungen, die bei den Opfern gefunden wurden, hatten identische Nummern und wurden somit, das lag auf der Hand, vom Täter bei diesem Lieferanten bezogen, und zwar in einem Zeitraum, der zwischen vier und acht Monate zurücklag.

Doch nicht so perfekt, unser Mörder, dachte Hauptkommissar Schmitz. Dass der Täter nicht unter seinem richtigen Namen, geschweige denn, unter seinem in der E-Mail verwendeten Alias-Namen bestellte, war klar. Und dass er nicht vier Packungen für seine vermuteten vier geplanten Morde auf einmal bestellte, war ebenso logisch. Blieben also alle Besteller übrig, die in den damaligen vier Monaten mehrmals eine oder mehrere Packungen insgesamt in Auftrag gegeben hatten – dabei immer vorausgesetzt, dass Schmitz mit seiner Theorie richtig liegt. Es waren sechsunddreißig Personen, darunter wiederum vierundzwanzig, die lediglich ein Postfach als Adresse angegeben hatten. Und dann blieb immer noch die Frage, ob der Täter überhaupt in der Umgebung von Köln wohnte bzw. sich die Packungen hierher hatte liefern lassen.

So kam Schmitz nicht weiter. Derweil brachten die auf Hochtouren laufenden Ermittlungen hinsichtlich des Aufenthaltsortes der drei damaligen Zeugen gute Ergebnisse. Der erste bestellte Zeuge war ein Versicherungsvertreter, inzwischen selbständiger Makler, der mit seiner Frau in einer Reihenhaussiedlung fünfzehn Kilometer außerhalb Kölns lebt. Zeuge Nummer Zwei war ein seinerzeit durch das Gericht auf Antrag bestellter Gutachter, der schon längere Zeit pensioniert sein dürfte, und nun linksrheinisch in einem Seniorenheim für betreutes Wohnen seinen Lebensabend verbringt. Und die einzige Zeugin, eine hochbetagte Frau, die damals als Buchhalterin in dem Installationsbetrieb arbeitete, wohnt zusammen mit ihrer Tochter in einer Sozialwohnung in einem rechtsrheinischen Vorort der Stadt. Ein mögliches weiteres Opfer, so kalkulierte Schmitz, war im Richter dieses Prozesses zu sehen. Doch es stellte sich heraus, dass dieser bereits vor drei Jahren eines natürlichen Todes gestorben war.

Die beiden Zeugen der lange zurückliegenden Verhandlung wurden also, nachdem ihre Wohnung ermittelt war, daraufhin sofort befragt und über den zu befürchtenden Sachverhalt ihrer tödlichen Bedrohung aufgeklärt. Beide kamen als Viagra-Konsumenten nicht in Frage, konnten jedoch nur mit ärztlicher Hilfe wieder einigermaßen beruhigt werden. Sie wurden selbstverständlich unter polizeiliche Beobachtung rund um die Uhr gestellt.

An diesem Punkt strauchelte Schmitz. Für ihn wurde nicht erkennbar, ob der Täter bewusst Spuren legen wollte, die darauf hinauslaufen, dass er in diesen beiden Fällen seine Tat nicht mehr erfolgreich beenden könnte. Und wenn dem so ist: Was macht A. Genius so sicher, dass er dennoch zum Zuge kommt? Welches Ablenkungsmanöver wollte er damit führen? Genau in diesen gerade geführten Fragegedanken platzte Schmitz' Assistent mit der Nachricht des dritten Todesfalles ins Büro. Die Annahme, dass die Zeugin von damals, jene Buchhalterin, als Opfer auszuschließen war, entpuppte sich als fataler Fehler. Sie war tot. Wie die Ermittlungen kurze Zeit später eindeutig ergaben, getötet durch eine Überdosis Sildenafil, aufgelöst in Orangensaft, den sie getrunken hatte. Sowohl die Obduktion der Leiche als auch das benutzte Glas, in dem Spuren von Viagra und dem Saft gefunden wurden, bestätigten den anfänglichen Verdacht: Es zeigte sich, dass sich der Täter, wie in den beiden ersten Fällen auch, problemlos Zugang zu der Wohnung verschafft hatte, um seine Taten zu vollenden. Zumindest ist davon auszugehen, dass ihm alle Opfer ohne Weiteres die Tür geöffnet hatten, da in keinem Fall Spuren von Gewaltanwendung zu beobachten waren. Und im letzten Fall verzichtete der Täter auch auf das Hinterlegen einer Viagra-Packung bei der Toten, warum auch hätte er das sollen?!

Die Fahndung lief auf Hochtouren, obwohl nichts, aber auch gar nichts aus aktueller Sicht vom Täter bekannt war. Keine Fingerabdrücke, keine Zeugen, die irgendwas beobachtet hatten, keine sonstigen Spuren oder Erkenntnisse. Außer seinem Namen, den richtigen, den er schon lange nicht mehr trägt, und seinem falschen sowie der uralten Fahndungskartei gab es keinerlei weitere erhellende Hinweise. Die Überwachung der beiden damaligen, noch lebenden Zeugen wurde intensiviert.

Schmitz war sich jedoch sicher, dass ihm der Täter auf diesem Wege der Verfolgung nicht in die Arme läuft. Für ihn wurde ein weiterer Rundgang am Rhein entlang, inklusive Brückenspuck und Bankpause, erforderlich. An seiner Bank angekommen, vertiefte sich der Hauptkommissar nochmals intensiv in das Protokoll der Gerichtsakte und deren Begründung, die damals letztlich zur Verurteilung des Angeklagten Arno Neusig führte. Schmitz las wieder und wieder die Akte – er spürte mehr und mehr, dass ihm hier endlich die Lösung des Falles offenbart wurde.

So geschah es dann auch. Den entscheidenden Hinweis fand Hauptkommissar Schmitz in einem beiläufig protokollierten Anhang, der gar nicht zur Hauptsache der Verhandlung gehörte, dennoch höchstwahrscheinlich das Urteil des Verfahrens zuungunsten von Arno Neusig beeinflusste. Der Prozess behandelte ursächlich zwar einen Betrug, den der Angestellte gegenüber seinem damaligen Arbeitgeber begangen haben sollte. Der Richter, der ihn verurteilte, lebte schon länger nicht mehr. Das erste Mordopfer, der Rechtsanwalt, der Neusig vertrat, hatte ihn argumentativ unzureichend verteidigt. Infolgedessen musste der Jurist dran glauben. Das zweite Opfer, der Bauunternehmer und sein alter Chef, bekam Recht. Er stand ebenfalls auf der Liste des Mörders – abgehakt. Und das dritte Opfer, mit dem nun keiner gerechnet hatte, die Buchhalterin des früheren Installationsbetriebes, belastete Neusig noch mit einer zusätzlichen Anschuldigung: Er hätte sich an ihr sexuell vergangen, und sie konnte sich dabei nicht erfolgreich wehren ... Doch letztlich scheiterte die vermeintliche Vergewaltigung, über die die Frau aussagte, an der Impotenz des Angeklagten.

Hier war also der Schlüssel für Schmitz gefunden, die Symbolik zur Viagra-Überdosis. Auch wenn die Vergewaltigung in der Verhandlung nie bewiesen wurde und auch nicht weiter verfolgt wurde, hatte sie den Angeklagten zumindest indirekt psychisch belastet und zur Beweislast und damit zusätzlich zum abschließenden Schuldspruch beigetragen. Die Sachlage war dem Kommissar nun klar, dennoch musste er mehr als unzufrieden sein, denn: Der Mörder fehlte noch. Schmitz war sich sicher, dass die Mordserie zwar beendet sein dürfte, da die beiden anderen Zeugen mit dem Ausgang des Prozesses laut Protokoll nichts zu tun hatten. Ganz im Gegenteil, denn sowohl der damalige Versicherungsvertreter als auch der Gutachter verhielten sich vollkommen neutral und hatten Arno Neusig nicht im

Geringsten ausschlaggebend belastet. So gesehen wurde Schmitz schmerzhaft bewusst, dass der Täter ganz gezielt diese irreführende Fährte legen konnte, mit der Sicherheit, seine Taten erfolgreich auszuführen. Es war ihm gelungen, so vollstreckte der Kommissar sein Urteil. Schmitz verzog sich in sein Zimmer und fluchte laut vor sich hin.

Wenn es soweit war, dass seine Flüche im gesamten Flur nicht mehr zu überhören waren, sollte man Hauptkommissar Schmitz besser nicht stören. Doch sein Assistent hatte die undankbare und ein Stück weit auch gefährliche Aufgabe, den Chef über den aktuellen Verlauf der Mordserie zu informieren. Zaghaft klopfte er an die Tür, um Schmitz mit einem Schlag ins Gesicht die neueste Nachricht zu unterbreiten: Im Mordfall „Viagra" gab es einen vierten Toten. Eine noch nicht identifizierte Leiche wurde in dem Hotel, das gegenüber dem Präsidium auf der anderen Straßenseite liegt, gefunden: in Zimmer 412 mit Blick auf das Büro, auf Augenhöhe des Kommissars.

Schmitz wusste, damit war der Täter, der Mörder gefunden. Ohne den Autopsiebericht abwarten zu müssen, wurde ihm sofort klar, dass das neue Opfer sich selbst mit einer Überdosis des Viagra-Wirkstoffes das Leben nahm; drei leere Packungen und noch nicht ganz aufgelöste Reste eines weißen Pulvers in einem Wasserglas am Tatort wurden für ihn zur Gewissheit, sein gesuchter Täter war in allen Belangen und Phasen seiner Taten immer einen entscheidenden Schritt schneller, in seinen Wahnsinn genial – bis über seinen Tod hinaus, sogar über seinen zweiten, dem endgültigen. In diesem Fall hatte ihm der Täter die Wurst vor der Nase weggeschnappt.

Sein nicaraguanischer Reisepass, den er wohl bei seiner Ankunft im Tresor seines Zimmers deponierte, lautete auf den Namen Aron Genius.

(2006)

So war das nicht geplant

Am Anfang war es ein Drehbuch. Das Drehbuch für einen Kurzkrimi, den die Teilnehmer am Schreibseminar „Anfänger I" am Ende in eigener Regie geschrieben hatten: einen Zehn-Minuten-Plot mit dem Titel „Bloß weg mit der Leiche".

Auch die Idee zu dieser Abschlussarbeit kam von den von ihnen selbst, und es passte wirklich alles hervorragend: Sieben Leute, die am Seminar teilnahmen – eine Gruppe von Motivierten, die sich zwar aus ganz unterschiedlichen Berufen und Berufungen heraus zusammengefunden hatten und dennoch, zumindest vom Kern des Teams, bestens aufeinander eingestimmt waren. Das Schreiben der Geschichte und des daraus zu entwickelnden Drehbuchs mit den Rollen-Texten war die spannende Herausforderung, der sie sich stellen wollten. Das Thema ergab sich ganz wie von selbst: Ein Krimi musste es sein – in ihrem Fall ging es um einen Mord. Und auch der Tatort war auch von Anfang an klar: Die Tat sollte sich in den Räumen der Schreibwerkstatt abspielen.

Dass diese freiwillige Projektarbeit, die mit Abschluss des Seminars zu den Sommerferien entstand, dann das Drehbuch für einen Film ergab, war die eine Seite. Die Mischung aus den verschiedenen Berufen der Teilnehmer führte zur anderen. Tatsächlich bestand das Schreibteam aus einem Kameramann, einem Toningenieur und einer Cutterin, die bereits seit Jahren ein eigenes kleines Filmstudio hatten – gute Voraussetzungen zur Produktion eines Filmes. Ein angehender Redakteur, der bei der örtlichen Zeitung gerade sein Volontariat absolvierte, übernahm sofort die Rolle des Regisseurs. Und die drei weiteren Seminarteilnehmer, die das Handwerk des Schreibens erlernen oder vertiefen wollten, ergaben dann bereitwillig die Schauspieler. Den Kommissar spielte ein pensionierter Bankangestellter; da er früher in der Kundenberatung tätig war, traute er sich zu, Täter und Zeugen überzeugend zu befragen. Für den Mörder blieb dann lediglich ein Metzgermeister, der sich als Hobby der Lyrik verschrieben hatte; da ihm der Umgang mit totem Fleisch quasi in Fleisch und Blut übergegangen ist, war diese Rolle exakt auf ihn zugeschnitten. Für die zweite Frau im Kurs, eine junge, aber auch sehr stille, zurückhaltende Teilnehmerin, Sachbearbeiterin in einer Spedition, blieb dann letztlich der Part als Leiche. Dass sie jedoch laut Drehbuch bereits ziemlich bald ermordet werden sollte, kam ihr entgegen, da sie somit nur wenig Text auswendig lernen musste.

Ideale Rahmenbedingungen also für einen Mord, bzw. für das Schreiben der Geschichte und des Drehbuchs über einen Mordfall, der gleichzeitig auch noch als Film umgesetzt werden kann. Für die Schreibwerkstatt war ein solches Projekt ein absolutes Novum in ihrer recht langjährigen Geschichte als Seminaranbieter in Sachen Literatur.

Die Pflichtaufgabe war erfüllt, die Geschichte geschrieben. Auch der erste Teil der Kür, das Drehbuch stand. Das große Finale konnte beginnen: Der letzte Feinschliff war gemacht, die Texte für die Rollen von den Akteuren weitgehend gelernt, der vom Regisseur festgelegte Produktionsplan final verabschiedet. Der Dreh am Set konnte beginnen: „Bloß weg mit der Leiche", Klappe I, die 1. – es war alles bestens vorbereitet, jeder wusste, was er zu tun hatte, morgens um 6.00 Uhr sollte es losgehen, abends um 6.00 Uhr alles im Kasten sein.

Die Handlung ist schnell erzählt, bei einem Kurzfilm von etwa 10 Minuten bleibt ja auch nicht viel Zeit für die Planung eines Mordes, für die Tat als solche, für vielschichtige Motive zahlreicher Verdächtiger und für die Aufklärung in unterschiedliche Richtungen.

Der Plot: Ein verheirateter Metzgermeister, dessen Ehe kaum mehr dem Anspruch an Gemeinsamkeiten genüge leistet, verliebt sich in eine Kundin, eine im Vergleich zu ihm sehr viel jüngere Sachbearbeiterin einer Spedition, die regelmäßig in seiner Metzgerei ihre Fleisch- und Wurstwaren kauft. Der Metzger verliebt sich in diese Frau und entdeckt dabei seine Leidenschaft für das Schreiben von Gedichten, in denen er sie mit ziemlich zweideutigen Versen sehr eindeutig für sich gewinnen möchte. Bevor die junge Frau überhaupt von den Avancen des Metzgers weiß, will es der Zufall, dass sie ihm anlässlich eines Einkaufs in seinem Laden von ihrer Teilnahme zu einem in Kürze beginnenden Schreibseminar ein paar Straßen weiter erzählt. Das war natürlich ein gefundenes Fressen für den Metzgermeister, der sich daraufhin ebenfalls dort einschreibt.

Während des zweimal wöchentlich stattfindenden Kurses bedrängt der Metzger nun seine heimliche Liebe mit Lyrischem aus seiner eigenen Feder. Waren es zu Beginn des Seminars noch Zeilen wie „Oh, wie lieb ich dich, darum küsse mich", werden es von Mal zu Mal immer anspruchsvollere Texte; sprich, das Seminar zeigt Früchte – zumindest beim Metzger. Die Sachbearbeiterin aus der nahegelegenen Spedition hingegen, die inzwischen mitbekommt, was los ist, und Schlimmes befürchtet, wird in ihren Bemühungen, für die geschäftliche Korrespondenz des Unternehmens einen besseren Schreib- und Briefstil zu finden, immer verkrampfter.

Dann kommt der Tag für das gemeinsame Abschlussprojekt aller Teilnehmer. Das Team hat die Idee, ein Drehbuch für einen Kurzkrimi zu schreiben. Da einige Teilnehmer bereits einschlägige Berufserfahrungen im Umsetzen eines Drehbuches zu einem Film haben, wird entschieden, den gemeinsam erarbeiteten Text des Krimis auch real umzusetzen. Einzig die Sachbearbeiterin ist nicht begeistert, sie ist auch, was das Texten für das Drehbuch angeht, viel zu blockiert. Letztlich lässt sie sich nur überzeugen, in diesem Film mitzumachen, weil sie lediglich die kleinste Rolle spielen muss, nämlich die der zu ermordenden Person in der Geschichte.

Soweit der Inhalt des Drehbuches, ohne bereits im Vorfeld die Auflösung des Kriminalfalles detailliert zu verraten. In wenigen Sätzen zusammengefasst: Die Geschichte für den Plot führt also zum Mord einer Teilnehmerin an einem Schreibseminar. Da sie zuvor einen anderen Teilnehmer, der sich für sie vollkommen überraschend in sie verliebt hat, klipp und klar eine Abfuhr erteilt, bringt der auf diese Weise Abgeblitzte dann seine für ihn unerfüllte Liebe um. Der Mörder ist schnell gefunden, das Motiv von Anfang an klar, die Aufklärung findet ein rasches Ende.

Doch beim Filmdreh sollte es dann am Ende ganz anders kommen; sehr viel rascher, als gedacht – noch ziemlich am Anfang der Drehaufnahmen.

Für 9.30 Uhr ist die Mordszene laut Regie geplant. Zum Tatort wurde der Gang zu den Seminarräumen gewählt. Die beiden Designierten, Opfer und Täter, sollten dabei kurz zuvor in einem der Räume lautstark miteinander streiten, im Anschluss kommt die Frau als Erste wutentbrannt aus dem Zimmer gerannt, der Mann folgt ihr laut gestikulierend, den beiden ist noch ihr Streit anzusehen, dann geschieht im Affekt die dramatische Tat, der Metzgermeister sticht ein Fleischermesser in die Halsschlagader der vor ihm weglaufenden Sachbearbeiterin, die dann zusammenbricht und langsam nach hinten kippt, um vom inzwischen niedergeknieten Täter aufgefangen zu werden.

Alles ist perfekt vorbereitet, alle Einstellungen geprobt, jetzt läuft die Kamera, der Regisseur ruft, doch es kommt niemand lauthals streitend in den Film. Und auch im Seminarraum selbst ist es gespenstig still geworden. Im Gang herrscht Ratlosigkeit. Nach mehrmaligem forderndem Rufen öffnet der Toningenieur ungehalten die Tür und ... erstarrt im gleichen Augenblick. Im Seminarraum liegt erstochen die Sachbearbeiterin am Boden, ein Fleischermesser im Hals in Höhe der Halsschlagader, neben ihr kniet fassungslos der Metzgermeister und hält ihren Kopf in seinen blutverschmierten Händen.

Es ist eindeutig – für jeden ein klarer Fall: Die Sachbearbeiterin ist erstochen, tot, der Metzger noch am Tatort der Tat überführt. Da braucht der Drehbuch-Kommissar gar nicht mehr eingreifen. Es läuft zwar genau genommen alles wie im Drehbuch geschrieben, nur spielt sich das Ganze plötzlich im falschen Film ab ... weil die Handlung noch gar nicht gefilmt ist, da sie dummerweise am falschen Tatort geschah. Und vor allem: Weil die Szene jetzt nicht mehr wirklich gespielt aussieht.

Jetzt kann das Drehbuch auch nicht mehr weiterhelfen, der Regisseur ist überfordert, das ganze Team geschockt. Und der Filmtitel „Bloß weg mit der Leiche" stimmt auch nicht mehr: Süffisanterweise, auch wenn es dem Ernst der Lage gar nicht mehr angemessen erscheint, bemerkt die Cutterin sofort, dass der Titel des Drehbuchs und des nun unvollendet bleibenden Films, da er ja ein ganz anderes Ende nehmen sollte, nicht mehr passt. Nein, in diesem Fall muss die Leiche dableiben. Es bleibt gar keine andere Wahl: Jetzt muss zwingend ein richtiger Kriminalkommissar zum Einsatz kommen.

Als er binnen weniger Minuten am Tatort erscheint, ist alles noch so, wie es auch das Team vorgefunden hatte. Die Sachbearbeiterin liegt immer noch neben dem Metzgermeister, der weiterhin im Schockzustand bewegungslos den Kopf der Leiche in den Händen hält. Schockzustand? Der Assistent des Inspektors veranlasst sofort eine notärztliche Versorgung. Ein Arzt ist sowieso notwendig, es muss ja auch der Tod des Opfers bescheinigt werden. Alles in allem, der Filmdreh ist beendet ... das Team soll sich bitte trotz der Schockzustände in einem am Ende des Ganges liegenden Seminarraum für die nachfolgenden Gespräche mit der Kripo bereithalten.

Der vorläufige Befund zur Todesursache ergibt, dass die Sachbearbeiterin durch einen äußerst tiefen Messerstich an ihrer rechten Halsschlagader und dem daraus resultierenden starken Blutverlust ziemlich schnell verstorben ist. Als

Mordwaffe wird eindeutig das Messer identifiziert, das im Hals des Opfers steckte. Um genau zu sein: Es ist ein Fleischermesser. Die bis dato ermittelten Tatbestände sprechen alle für den Metzgermeister als Täter oder, noch etwas zurückhaltend formuliert, als dringend der Tat Verdächtigten – bzw. es spricht eher alles gegen ihn, obwohl er nach einer Beruhigungsspritze durch den Arzt und den dann aufgenommenen Ermittlungsgesprächen mit dem Kommissar immer wieder seine Unschuld beteuert. Von der übrigens auch der Kriminalbeamte sofort überzeugt ist.

Er befragt zusammen mit seinem Assistenten, während seine Leute von der Spurensicherung und der Fotograf den Tatort inspizieren, jeden einzelnen des im doppelten Sinne des Wortes aufgelösten Filmteams. Es ist klar, keiner hat etwas mitbekommen oder gar gesehen, jeder war zutiefst mit seiner Aufgabe für die Filmszene beschäftigt. Alle folgten hochkonzentriert den Anweisungen des Regisseurs. Bis auf die beiden im Drehbuch als Täter und Opfer bezeichneten Schauspieler, sie mussten sich ja im Seminarraum gleich hinter der Tür zum Flur für jeden hörbar streiten und dann aus der vom designierten Opfer in Panik aufgestoßenen Türe stürmen. Dann, Sekunden später, sollte der Metzgermeister gestikulierend hinter der Sachbearbeiterin herlaufen und sein Fleischermesser, das er bereits in der rechten Hand hält, in den Hals der jungen Frau stechen. Dieses Messer war eine verblüffend ähnlich aussehende Plastikattrappe, und die Szene sollte so gefilmt werden, dass der Stich nicht direkt von der Kamera erfasst wird. Aus dieser Einstellung wäre dann auch gewährleistet gewesen, dass die Sachbearbeiterin, die sich beim Zusammenbrechen die Hand an den Hals hält, gleichzeitig den Plastikbeutel mit der roten Farbe zerdrückt. Doch alle Seminarteilnehmer im „Anfängerkurs I" hatten mitbekommen, dass es dazu nicht mehr kam – bis auf die Sachbearbeiterin der Spedition.

Nur: Niemand wusste, was kurz zuvor im Seminarraum

wirklich geschah. Doch alle befragten Personen sind davon überzeugt, dass der Metzger die geplante Filmszene kurz zuvor bereits im Seminarraum in die wirkliche Tat umsetzte. Das Motiv ist eindeutig: Die junge Sachbearbeiterin wehrte sich vehement gegen die Annäherungsversuche des sehr viel älteren Metzgermeisters, der dann in seiner Verzweiflung den Inhalt des Drehbuches wahr macht.

Einzig der Kriminalkommissar ist sich sicher, dass es anders war. Nach der Befragung zieht er sich allein in einen Raum zurück und liest Zeile für Zeile das Drehbuch. Ihm wird klar, dass die Teilnehmer bei der Erstellung der Texte komplett, inklusive auch des Metzgermeisters, einen entscheidenden Fehler machten. Niemand achtete darauf, dass der Metzger Linkshänder ist. Auch dem Kriminalbeamten fiel die Tatsache nur durch Zufall auf, als er zu Beginn seiner Befragung den Personalausweis von ihm verlangte. Er bekam den Ausweis aus der linken Hand überreicht. Laut Drehbuch aber sollte der Metzger die Attrappe des Messers in die rechte Hand nehmen, und erst beim Filmen des Mordes wäre es dann aufgefallen, dass er das Messer links halten würde und von hinten auch nur in die linke Halsschlagader der Sachbearbeiterin hätte stechen können.

Die Realität war eine andere. Nochmals: Wäre also der Metzger der Mörder gewesen, so hätte er im Seminarraum vor der Frau gestanden und sie mit links von vorne in ihre rechte Halsschlagader gestochen. Das Messer steckte aber rechts hinten im Hals, und somit konnte der Stich nur von einer rechten Hand ausgeführt werden. Und somit ist davon auszugehen, dass der Metzger – im übertragenen Sinne – seine „rechte Hand" in einer anderen Person gehabt hatte, wenn auch unfreiwillig.

Damit fällt er als Täter aus, was er auch weiß. Für den Kommissar ist klar, dass er den Schock nur vorgetäuscht hat, um den eigentlichen Täter zu schützen. In diesem Fall ist es eine Täterin, die vom Assistenten auch umgehend aus ihrer nicht weit entfernten Wohnung abgeholt wurde und mit der er nun den Seminarraum betritt. Vom Kommissar befragt, gibt sie die Tat sofort zu. Nachdem sie zufällig das Drehbuch von „Bloß weg mit der Leiche" in die Hände bekam und von den Liebesbekundungen ihres Mannes zu einer jungen Frau gelesen hatte, stellte sie ihn am Abend vor dem Filmdreh zur Rede. Er erzählte ihr daraufhin reumütig von seinen Annäherungsversuchen gegenüber ihrer Kundin, der jungen Frau aus der Spedition, die gleichzeitig mit ihm am Schreibseminar teilnahm. Seine Beteuerungen, dass sich dieses dumme Thema, wie er es nannte, für ihn inzwischen längst schon wieder erledigt hatte, nahm ihm seine Frau allerdings nicht ab. Und seine beschriebenen Blätter in den Seminarunterlagen, in denen sie am Morgen kurz vor der Tat noch heimlich schnüffelte, hatten sie letztlich überzeugt, dass ihr Mann sie betrügt ...

Da die Frau des Metzgers durch ihre häufigen Anlieferungen von belegten Brötchen oder Frikadellen mit Kartoffelsalat die Räumlichkeiten in der Schreibwerkstatt gut kannte, wusste sie aufgrund der ausführlichen Beschreibung im Drehbuch, welcher Seminarraum gemeint war. Damit wurde ihr auch bewusst, es sollte kein Zufall sein, dass von diesem Raum eine Feuerleiter abging. Und dass dort dann noch zu dieser Jahreszeit gewiss das Fenster offenstand, gab ihr den Mut, mit einem Fleischermesser unter ihrer Schürze problemlos und ohne Verdacht einsteigen zu können. Der Rest ist ja hinreichend aufgeklärt.

Womit wieder einmal bewiesen wäre, auch wenn es auf grausame Weise ein bedauernswertes und unschuldiges Opfer gegeben hat, dass das Leben die sehr viel realistischeren Kriminalgeschichten schreibt.

(2006)

> *Um einen Liebesbrief zu schreiben, musst du anfangen,*
> *ohne zu wissen, was du sagen willst,*
> *und endigen, ohne zu wissen, was du gesagt hast.*
> (Jean-Jacques Rousseau)
>
> *Ich war der Zugang und bin das Wegging.*
> (Kulturareal Unterm Turm, Stuttgart)

Auf verfahrenen Gleisen, endlich verbrieft

Ich hatte mir immer gewünscht, der Zugang zu sein. Doch ich bin ein Wegging geworden.

Meine vertrocknete Liebe,
ich bin verwundert, dass ich Dir schreibe! Und Du, wunderst Du Dich auch? Ja?! Nein?! Beides wäre gleich gut oder gleich schlecht. Jedenfalls egal.

Und noch jedenfallsiger – falls es das Wort überhaupt geben kann – schüttel ich meinen Kopf über mich selbst, wie unbedingt ich Dir plötzlich aus einer Laune heraus schreiben will, wie überrascht ich gerade in diesem Augenblick bin, Dir zu schreiben.

Jetzt sitze ich im Zug und schreibe Dir also. Diesen katastrophalen Bahnhof von Stuttgart habe ich hinter mir gelassen und sitze bequem am Fenster, vor mir ein Tisch, darauf Papier, viel Papier, in der Hand einen Stift. Am Bahnsteig, nur noch eine gruselige, potthässlich zusammengeschusterte, ungemütliche Plattform, beim Warten auf den Zug, der mich zunächst nach Paris bringen soll, wurde mir klar, dass ich die Fahrt an mein Ziel damit verbringen werde, Dir einen Brief zu schreiben. Den, der längst fällig ist. Mit Worten, die besser ausgesprochen gehört hätten, und damit auch im wechselseitigen Dialog zwischen uns hätten ausgetauscht werden können. Damals; doch das hat ja nicht mehr geklappt.

Nun habe ich Zeit, viel Zeit, all das, was ich Dir vor Längerem schon hätte sagen wollen, zu schreiben. Wobei sich – so vermute ich – dabei vieles dazwischenschieben wird, was sich erst im Laufe der jüngeren zurückliegenden Zeit in Worten beschreiben lassen dürfte und konnte. Es liegt nun doch schon eine recht lange Zeit zurück, dass ich ununterbrochen an Dich denken musste; ich denke, das verstehst Du. Man kann ja nicht ewig in einem Zustand verweilen, in dem ich mich schon längst wieder mehr mit anderen Dingen hätte zuwenden müssen. Irgendwann geht das ewige Verharren in alten Verhaltens- und Gedankenmustern aus der Vergangenheit an die Substanz. Mit einem Mal, ohne eigenes Zutun, kommt dann jener Gedankenpunkt – beispielsweise kurz nach dem Frühstück während des Sitzens auf der Kloschüssel –, dass man ganz tief ausschnauft; dann ist Ende, dann ist gut damit, weils eigentlich nie gut tat, permanent in der Erinnerungskacke rumzupaddeln. Und von einer Minute zur anderen kommt man zu sich, mit der Betonung auf „sich"; und erlebt auch wieder mal die eine oder andere kleine Freude, bestellt sich in einem Café einen Milchkaffee oder schwingt sich aufs Fahrrad und lässt die Natur an seinen Augen und Ohren vorüberziehen, durch Nase und Mund reinziehen, auf der Haut spüren, oder gönnt sich hin und wieder vor dem Zubettgehen ein Gläschen Weißwein.

Wie ich mich seitdem wieder fühle? Mal sehen, ob ich dazu was Schreibenswertes finde, was auch einen anderen Menschen noch interessieren könnte? Und es bleibt ja immer auch die Frage, ob Dich davon überhaupt etwas interessiert. Wenn Dich meine Worte langweilen, kannst Du ja jederzeit an jeder Stelle in diesem Brief aufhören zu lesen. Das ist ja das Schöne an geschriebenen Wörtern, wie praktisch, nicht wahr?!

Um Deine eventuell gedanklich hypothetische Frage nach meinem derzeitigen und meinem zuletzt davor verbrachten Leben so knapp wie möglich und einigermaßen realistisch zu beantworten: Meine Rückzüge nach unserem seltsamen

Ende, meine Aussetzer aus dem ganz normalen Alltagswahnsinn fanden und finden auch jetzt manchmal noch weitestgehend in einem geistigen Ort statt. Das Seltsame daran ist, dass dieser Ort, wenn ich ihn betrete, erst einmal vollkommen leer ist. Doch er füllt sich recht schnell, mit wertfreien Erinnerungen, mit Impressionen, Bildern, Gesichtern, mit Stätten aus vergangenen Zeiten. Regungen, Bewegungen, Begegnungen erzählen ungerufen Geschichten und verdichten die Leere meines Raumes, unendlich spiegeln sie sich im Spiegel eines weiteren, immer weiter in der Tiefe liegenden Raumes in mir. Bis sie in der Unendlichkeit zu einem einzigen Punkt verschmelzen. Bis zu jenem Augenblick, dass alles unscharf wird, regelrecht verschwimmt. Verärgert erkenne ich, es führt zu keinem klaren Zielpunkt – plan-, ziel-, einfallslos wird alles: eine andere Form des Wahnsinns, albern, dumm, schwachsinnig.

Ist es nicht ein bescheuertes Unterfangen, diesem dunklen Punkt etwas Farbiges, Buntes zu entlocken?! Selbst wenn im ersten Spiegel noch vertraute, liebevolle und lebendige Bilder erscheinen, wird der lange Blick von Spiegel zu Spiegel immer schwächer, dunkler, abgestumpfter.

Der lange Blick zurück ist immer nach innen gerichtet. Und wenn er erlischt, kommt die Leere wieder. Aber auch: Verschwimmt der dunkle Punkt ins Nichts, kommt der Zeitpunkt, unbedingt wieder nach außen zu schauen. Erst war es nur hin und wieder so, jetzt geschieht dies mehr und mehr, immer öfter – es wurde auch Zeit!

An irgendeiner Stelle scheuchten sich die Erinnerungen hin und her, dann wieder warfen sie sich die Bälle zu – und ich mittendrin, obwohl ich außen vor war. Und Du sowieso. Und dann – wie profan, beim Sitzen auf der Toilette – füllte sie sich, meine Leere, weil sich die Fülle meiner – pardon! – Scheißgedanken in mir mit einem Klatsch leerte. Ich empfand meinen unhaltbaren Zustand davor von jetzt auf gleich nur noch albern, bescheuert. Dieser Blick auf liebevolle Bilder, die nicht einmal mehr im Spiegelbild vertraut geblieben sind – er verdünnisierte sich. Der hoffnungslose Blick zurück, er war lange Zeit nach innen gerichtet, und dann kam die Erkenntnis – sie liegt nun auch schon wieder längere Zeit zurück –, dass es kein Zurückblicken mehr geben darf; der Blick nach außen hatte keinen Spiegel mehr vor sich. Und so kam der Zeitpunkt, an dem es wieder wichtig wird, vertieft nach außen zu schauen – erst hin und wieder, und dann – wie schon erwähnt – immer öfter.

Jetzt sollte ich an dieser Stelle vielleicht erst einmal erklären, warum überhaupt hier und jetzt dieser Brief?! Warum ganz allgemein der Brief? Mehr als das: Was ich mir dabei gedacht habe, in Worte zu packen, obwohl mir im Augenblick dazu nicht viel einfällt. Doch es ist ja häufig so, mit jedem weiteren Wort ergibt sich eins zum anderen. Und, was auch zu erwähnen ist: Warum ich so viel Zeit habe für diesen Brief an Dich? Das lässt sich schon wieder leichter erklären.

Du wirst Dich gewiss noch erinnern, dass ich von Pascal Merciers „Nachtzug nach Lissabon" ausgesprochen begeistert war. Und über die Jahre hinweg auch von seinem Buch begeistert geblieben bin, um nun den Spuren seines Protagonisten Raimund Gregorius unbedingt folgen zu wollen. Demjenigen, der in dem Roman durch Zufall das Buch „Ein Goldschmied der Worte" in einem Antiquariat entdeckt hatte und beim Lesen der Idee verfiel, Spuren dieses Schriftstellers ausfindig zu machen. Und nun habe ich mich ebenfalls auf den Weg gemacht, in ähnlicher Mission. Im Gepäck das Buch mit Hunderten von Klebezetteln, mit ewig vielen handschriftlichen Eintragungen, mit einem weiteren Notizbuch, in dem ich alles, was ich über den „Nachtzug nach Lissabon" nur ausfindig machen konnte, vermerkt habe. Nun, mir ist klar, dass die Geschichte des Buches in den Zeiten der Diktatur Salazars spielt, und dass sich der Lateinlehrer, Mundus gerufen, wiederum auf die Spuren des schon lange verstorbenen portugiesischen Arztes und Philosophen Amadeu de Prado macht. Sprich, ich begebe mich heute, 2013, auf den Weg ins Jahr 2004, in dem sich eine Romanfigur auf den Weg in die 60er Jahre des letzten Jahrhunderts begeben hat, die wiederum das Leben in der Zeit der 1930er und 1940er Jahren widerspiegelt. In eine Stadt, die von damals bis heute eine wechselvolle Geschichte erlebt hat – und von der zu befürchten ist, dass Zeugnisse aus der damaligen Zeit schlichtweg nicht mehr sichtbar oder erkennbar sind. Doch ich frage mich schon auch: Wer weiß, welchen Zeitzeugen aus welcher Zeit an welchen Stellen ich in Lissabon vielleicht doch noch begegnen werde?!

Auch die heutigen Nachtzüge nach Lissabon dürften vor der Geschichte nicht Halt gemacht haben. Oder realistisch ausgedrückt eher anders herum: So manche Zugverbindung landete aufgrund von Fahrplanänderungen in den letzten mehr als 10 Jahren auf dem Abstellgleis. O. k., Mundus Gregorius fuhr von Bern schon mehr als eine Nacht nach Lissabon – insgesamt rund 26 Stunden. Bei mir siehts heute paradoxerweise auch nicht sehr viel schneller aus: Von Stuttgart nach Paris Est, in Paris zum Bahnhof Montparnasse und weiter über Irun an der französisch-spanischen Grenze nach Lissabon bin ich mit zweimaligem Umsteigen auch mehr als 25 Stunden (ohne Zeitverschiebung von -1) unterwegs – und dabei fahre ich nachts ewig lange durch Spanien, da der letzte meiner Züge bei den von mir ausgesuchten Anschlussverbindungen um halb 8 morgens in Lissabon, so er pünktlich ist, ankommen wird.

Somit werde ich die Hälfte der Fahrt damit verbringen können, all das vermutlich wirre Zeug bis zu dieser eben erwähnten französisch-spanischen Grenze aufzuschreiben. Um es dann von Irun bis Lissabon in der restlich verbleibenden Fahrzeit in eine einigermaßen geordnete Reinschrift zu übertragen und bei meiner Ankunft in Lissabon dem Postweg zurück nach Deutschland anzuvertrauen.

Dabei kommt mir allerdings jetzt grad ein schreckhafter Zwischenstopp ins Gehege ... doch eigenartigerweise habe ich

Deine Anschrift, so sie noch stimmt, nicht vergessen.

Womit soll ich nun anfangen?

Mir gehts inzwischen wieder ganz passabel, ich lebe vor mich hin, ohne allzu viel noch zurückzublicken. Und wenn mich dann doch mal wieder Zweifel beschleichen am Sinn des Lebens oder an der gesamten Menschheit, dann empfinde ich dies – um im Bild meines derzeit wahrgenommenen Umfeldes zu bleiben, obwohls das ja wahrscheinlich gar nicht mehr gibt – als eine Art Schrankenwärter, der mir einen unbequemen Weg erspart. Oder es ist gar ein Weichensteller, der mich aufs angenehmere Gleis führt: Entweder gehe ich mit mir eine Runde spazieren, oder ich tauche in für mich andersartige Literaturwelten ein.

Doch ich will von mir behaupten, ich lebe mit diesen Arrangements ganz gut. Danke, mir fehlt nichts mehr von Dir, nicht mehr; das schätze ich inzwischen an Dir. Du bist eine der vielen Freiräume geworden, in denen ich durchs Leben gehe – ich bin ja auch kein Schriftsteller oder gar Künstler – vielleicht jedoch ein wenig ein Lebenskünstler? – geworden, bin weder Fotograf noch Archäologe, wie ich mir dies gerne mal gewünscht hätte, und ich werde auch niemals zeichnen oder malen, geschweige denn Grafiker sein können, und die italienische Sprache werde ich auch nicht mehr richtig erlernen. Also, innerhalb meiner Leerräume hast Du Dich am Ende als Lebewesen auch eingereiht – zu Deiner Liebe habe ich also auch nicht getaugt.

Ich finde mein Leben nicht mehr enttäuschend, weil sich ja darin doch nicht jeder Traum verwirklichen lässt; mir wäre das wahrscheinlich irgendwann auch über den Kopf gewachsen. Man richtet sich seine Räume (nicht Träume!) ein, wie man darin einigermaßen leben kann, sie gehören zu einem, und man möchte sie auch gar nicht mehr verändern wollen. Wenn ich mich heute noch jemandem beschreiben müsste, so würde mir als Erstes und Zweites einfallen, dass ich ein partnerschaftliches Zusammensein nicht hinkriege, und dass ich verlernt habe (obwohl ichs im Grunde genommen nie richtig gelernt habe), mit der Sprache sinnvoll umzugehen. So füllen sich meine Leerräume mit sich selbst und werden damit zu Freiräumen. Versteh mich nicht falsch! Auch Du beispielsweise, oder all das Erlebte mit Dir, füllt mich immer noch aus. Wieso? Keine Ahnung! Es ist zwar anders, als es war, zu unserer Zeit – doch es füllt meinen Freiraum, nachdem ich meinen Leerraum mit Dir abgeschlossen habe. Und ich war selbst erstaunt: Man gewöhnt sich daran, es ist einfach so.

Ein Letztes dann doch noch dazu: Es sind Leerräume geworden, die sich durch sich selbst füllen, ohne dass sie sich erfüllen. Und daraus schöpfe ich manchmal, wenn es klappt, ab. Seltsam, doch mir würde wahrscheinlich nichts Besseres einfallen, wenn Du mich fragen würdest, wie es mir in etwa die letzten Jahre – erst mit Dir und dann ohne Dich – ergangen ist bzw. wie es mir jetzt geht.

Seltsam fühle ich mich – sicherlich auch mit dieser gewiss verrückten Idee, Dir auf diesem Weg (im mehrfachen Sinne allerdings) jetzt schreiben zu wollen. Eigenartigerweise empfinde ich es ein wenig so, als lebe ich in der Stunde davor, bevor wir uns das zweite Mal – nein, es war ja bereits das dritte Mal – begegnet sind... Egal, eigentlich albern, warum überhaupt die vielen Worte?! Und noch mehr wundere ich mich, als ich gerade eben beim Hinausschauen aus dem Fenster ganz leise Deinen Namen, Deine beiden Vornamen ausgesprochen habe – ob es daran liegt, dass ich Dir dadurch, dass mich nicht nur die Zeit, sondern jetzt auch noch der Zug immer weiter von Dir entfernt, und ich Dir deshalb näher komme ... ? (Dieser letzte Absatz ist erst beim „Reinschreiben", also beim Ins-Reine-Schreiben jetzt gerade entstanden, wo ich nun schon Stunden durch die trostlose, derzeit noch pechschwarze Landschaft Spaniens fahre. Ich bin erstaunt, was mir dennoch alles eingefallen ist, auf der Fahrt bis zur Grenze bei Irun, exakt an der Grenzstation zwischen Frankreich und Spanien, an der ich die Zäsur zwischen Vor- und Nachschreiben machen wollte

– und auch gemacht habe.)

Zurück ins Vorgeschriebene: Jetzt, inzwischen an der Grenze zwischen Deutschland und Frankreich, weiß ich im Grunde genommen noch immer nicht, warum ich Dir schreiben will. Oder doch?: alles und nichts, nicht mehr und nicht weniger. Obwohl ich so in etwa weiß, „Was ich Dir schreiben will, doch fällt mir das Wie (wie immer schon) ungewohnt schwer" – BAP lässt grüßen. Doch an diesen oder auch in vielen Fällen anderen Wie's habe ich mich inzwischen gewöhnen müssen. Eines jedoch weiß ich ganz genau – jetzt schon: Den letzten Punkt setze ich exakt mit meiner Ankunft in Lissabon; und bevor ich aussteige, werde ich alle Seiten in den Umschlag stecken (den ich übrigens in Paris während der Umsteigefahrt gekauft habe), ihn zukleben und auf die Reise zurück schicken.

Wahrscheinlich stehst Du, wenn Du diesen Brief mit reichlich weiterer Geschäftspost aus dem Briefkasten gefischt hast, etwas erstaunt, kopfschüttelnd, ratlos in der Empfangsdiele und denkst „Ach, du lieber Gott, was ist jetzt schon wieder los?" oder etwas Ähnliches? Ich stelle mir vor, dass Du beim Hochgehen in Deine Wohnung ungläubig auf die Dir vielleicht immer noch bekannt vorkommende Schrift starrst, einen Absender gibts ja keinen, und mit dem rechten Zeigefinger ungeduldig den Umschlag aufreißt. Oder es ist ganz anders: Der Brief wird beiseite gelegt, die Arbeit geht vor, keine Ablenkung, der Umschlag gerät in Vergessenheit, und Stunden später, oder gar Tage, machst Du Dich gelangweilt ans Öffnen? Und ob Du ihn dann überhaupt lesen möchtest, den Brief mit den vielen Seiten? Es ist alles denkbar.

Briefe, und gar richtige mit optischen und haptischen Erlebnissen zwischen uns gibts ja schon lange keine mehr – gabs ja auch in unserer „gemeinsamen Zeit" nur selten. Abgesehen von notgedrungen schriftlich verfassten Geburtstagsgrüßen, die ich hier nicht weiter kommentieren möchte. Nein, Du hast Dich konsequent an Deine mit Dir selbst vereinbarte Funkstille gehalten. Und auch ich habe mich weitestgehend daran gehalten: keine Briefe, keine E-Mails, keine verschlüsselten oder geheimen Botschaften – bis auf Deinen Wohnungsschlüssel, den ich unbedingt loswerden wollte, als ich ihn irgendwann Monate später unverhofft wieder in die Finger bekam und Dir in einem gepolsterten Briefumschlag auf dem Postweg zugeschickt hatte. Mit dem Gedanken, obwohl er absurd ist, dass Du Angst haben könntest, eines Tages in (nicht: vor!) Deiner Türe zu stehen ... unvorstellbar. Und so was von surreal!

Genau so albern: Ich stelle mir gerade vor, wie das gewesen wäre, wenn ich beispielsweise unsichtbar hinter Verstecken so was Ähnliches wie „Rituale des Verlassenen" oder auch „Rituale des Verstoßenen" durchgespielt hätte – es war so schon schmerzhaft genug, mit der Betonung auf „war". Dir bei den mir bekannten Spazierwegen mit Hund aufzulauern und Dir – im übertragenen Sinne – ein Bein zu stellen. Oder versteckt des Abends oder Nächtens in eines der erleuchteten Fenster Deines Hauses zu schauen, womöglich mit einem Fernglas. Was könnte ich unter Umständen und vor allem unter diesen Umständen Polizisten, die möglicherweise von Deinen Nachbarn angerufen worden wären, erklären, was ich zu nachtschlafender Stunde mit einer versteckten Kamera dort verloren hätte? Sollte ich mich damit herausreden, dass ich Ornithologe bin und Vögel dabei beobachte, wie sie in Obstbäumen kuschelnd schlafen, um einander zu wärmen; und dass es immer einen gibt, der Wache hält (also einen Vogel), um die schlafenden Kollegen eventuell vor so Leuten wie mich zu warnen?

Was hätte ich Dir oder mir damit beweisen wollen? Meine Leidenschaft zu Dir? Meine Liebe für Dich? Meine Angst, Dich zu verlieren, was ja schon längst geschehen war? Meine Flucht? Meine Verzweiflung? Meine Vergeltung, was hätte ich damit erreichen können? Oder die Erfüllung eines Lebenstraumes? Die Verwirklichung einer Vision? Die Vollendung des Glücks? Alles Quatsch!

Die Utopie einer wie auch immer gearteten Begegnung ... mir fällt gerade nicht Besseres ein als der eben in Fragen formulierte, versuchte dreidimensionale „Konjunktiv Irrealis" mit einem Haufen Fragezeichen dahinter.

Verstehe das bitte nicht falsch; es ist a/ meine Art, die Dinge im Nachhinein so zu sehen, und b/ fühlte ich mich schon genug gebeutelt. Dank unseres Scheiterns und einer insgesamt sicher zu langen, doch für mich notwendigen Rekonvaleszenzphase konnte ich meine immer schon ausgeprägte Ambivalenz so ausbalancieren, dass ich meine Schritte nun wieder gradlinig mittelachsig setze. Heute wüsste ich auch gar nicht mehr zu sagen, wofür ich mich entscheiden würde, wenn ich die Wahl hätte. Wobei sich eine solche Frage sowieso erübrigt, weil ich diese Wahl niemals je gehabt hätte – welche Wahl überhaupt???

Ach ja, einmal, ein einziges Mal war es mir noch vergönnt, Dir für den Bruchteil eines Augenblicks zu begegnen. Du fuhrst mit Deinem Auto hinter mir auf der Autobahn Richtung Singen. Mit einem Male schertest Du nach rechts rüber auf die Ausfahrtsspur nach Sindelfingen, ich fuhr auf der mittleren Spur weiter. Es war viel Verkehr und Du warst konzentriert, ohne auch nur einen Blick auf „Nebenautos" zu werfen. Und Du hättest mich höchstwahrscheinlich nie in diesem Auto, das ich gefahren hatte, vermutet – weil Typ, Kennzeichen und alles anders waren, als Du es vielleicht noch kanntest. Egal, Du überholtest mich rechts. Und es war gut so, dass wir uns nicht richtig begegnet sind, oder dass sich unsere Autos nicht berührt haben. Um ehrlich zu sein, zum damaligen Zeitpunkt wars mir recht so. Oder um noch ehrlicher zu sein, es hätte auch nicht sein müssen, dass ich Dich überhaupt wahrnehmen musste.

Es ist seltsam. Jetzt, da uns vieles, nein, im Grunde genommen alles trennt, über die Zeit, die bereits vergangen ist und die von Moment zu Moment noch vergehen wird, hinweg, kann ich Dir wieder näher kommen – gefühlt. In diesen Stunden, in denen von Minute zu Minute, Kilometer für Kilometer zwischen uns eine immer größere Distanz vor einem wirklichen Näherkommen, oder besser Begegnen, aufgebaut wird und wir uns mit hundertprozentiger Sicherheit immer weiter, immer mehr entfernen, fühle ich mich in diesem von Minute zu Minute, Kilometer für Kilometer immer größer werdenden Abstand Dir näher kommen. Eigenartig, immer weiter weg – räumlich gesehen – fühle ich mich Dir wieder nah. Nur weit weg von Dir bin ich ganz bei mir – inhaltlich gesehen –; in diesem Augenblick kann ich es wagen, mich Dir zu öffnen, ohne mich zu verlieren ... wenn Du weißt, was ich meine? Ich denke, Du verstehst, was ich sagen bzw. schreiben will, auch wenn – und das ist mein Bild von Dir, das mir in Erinnerung geblieben ist – Deinem Herzen solche Auseinandersetzungen und Irritationen auch heute noch höchstwahrscheinlich fremd bleiben dürften.

Ich weiß, Du siehst das alles viel aufgeräumter, viel gradliniger. Du tust, was Du tun musst, und was Du bleiben lassen willst, lässt Du eben bleiben. So habe ich Dich kennengelernt in unseren gemeinsamen Stunden. Und wenn Du ausnahmsweise etwas getan hast, was Du hättest nicht tun sollen, so bist Du dennoch mit Dir weitestgehend im Reinen geblieben, weil man als Mensch gelegentlich im Leben halt auch mal was tut, was man nicht tun sollte. Dann hast Du dafür gerade gestanden, die Verantwortung für Dich übernommen ... und anschließend zugeschaut, dass Dein Leben so weitergeht, wie Du es Dir vorstellst. Stimmt bestimmt, oder? Ich kann natürlich nicht sagen, ob es heute anders ist bei Dir? Doch inzwischen ist auch das ja eigentlich egal!

Nun fahre ich also nach Lissabon. Mit dem Nachtzug nach Lissabon, obwohl die Reinschrift auf diesem Papier bereits bei ganz langsam einsetzendem Tageslicht geschieht. Ich habe keinen blassen Schimmer, was mich in Lissabon erwartet, was ich entdecke oder nicht, ob mich irgendwelche Spuren irgendwohin führen oder ob ich in Sackgassen lande bzw. ende? Und wie lange das geht, ob und wann ich zurückkehre? Ob, höchstwahrscheinlich schon, doch das Wann bleibt offen.

Grad mal eine Handvoll Tage ist es her, dass ich mehr oder weniger zufällig – Du wirst jetzt behaupten, es gibt sie nicht, die Zufälle – wieder mal das Buch von Pascal Mercier in die Hände nahm und darin blätterte. Und dann wurde es eine ganz banale Feststellung, dass ich so schnell wie möglich dahin fahren wollte. So habe ich gestern das Nötigste eingepackt und mich von vielem, was mir vertraut wurde, zunächst mal getrennt. Allzu viel ist es ja nicht, was ich zurücklassen musste – weder in der Wohnung, noch im Büro und erst recht nicht im persönlichen Umfeld. Weder ein gebrochenes Herz und schon gar nicht eine treu wartende Seele – was Dich aber nicht wirklich interessieren dürfte.

Vielleicht – das kommt mir gerade – war es ja auch der schon vor längerer Zeit gelaufene Film, der mich jetzt endlich dazu bewegt hat, diese Reise selber anzutreten? Ich hatte ihn immer wieder vor Augen: Einen starken Film, und bei der Dichte und dem sehr breit und tief verzweigten Inhalt des Romans sehr gut getroffen – auch wenn er einer populären Sichtweise für den Zuschauer folgend einigen Tribut zollen musste. Doch mit der irre guten Besetzung der Rollen durch Jeremy Irons, Bruno Ganz, Christopher Lee und Charlotte Rampling hat der Film meinen eigenen Film, den ich beim Lesen des Buches hatte, auf ganz tolle Weise eingefangen.

Zurück zur Realität: Zwischenmenschliches – wenn ich es mit diesen Worten umfassend beschreiben soll – wurde in den letzten Jahren immer schaler und fader; so oberflächlich, dass mir mit der Zeit immer klarer wurde, dass ich mich mit mir allein weitaus weniger langweile als in Gesellschaft anderer, die mir nichts mehr sagen und mit denen es kaum noch etwas zu reden gab oder gibt.

So bin ich also allein geworden, allerdings nicht einsam – vielleicht ist alleinsam das passende Wort dafür? – obwohl ich meine Dachmansarde zur Eremitage ernannt habe, ich mittendrin als eine Art Eremit. Im Übrigen ist es schon auch erstaunlich, wie man in einer Stadt mit mehr als einer halben Million Menschen leben kann, ohne jemanden kennen zu lernen – mit Betonung auf lernen –, außer vielleicht noch den Obst- und Gemüsehändler an der Ecke, meinen Physiotherapeuten oder den einen oder anderen Kollegen bzw. die eine oder andere Kollegin innerhalb der Bürogemeinschaft. Zur Not noch die Zahnärztin, die mir zweimal im Jahr im Mund rumfuhrwerkt.

Irgendwie, ich kanns nicht erklären, weshalb Du trotz allem immer der Mensch geblieben bist, den ich nie vergessen konnte, und den ich auch nie vergessen werde. <u>Der</u> Mensch überhaupt – doch das hast Du nie verstanden, dass Du das für mich warst (und bist und bleibst ...). Und mir ist es nie gelungen, Dir das so zum Ausdruck zu bringen, dass Du es gespürt, geglaubt oder verstanden hast. Bis hin zu dem Unterschied, der zwischen uns beiden immer missverständlich geblieben ist: Liebe oder Verliebtsein, Nähe oder Nahsein ... Darüber hätte ich gerne noch reden wollen mit Dir, damals, als der Schmerz, der Zorn, die Emotion, als alles noch lebendig war. Jetzt, heute wäre so etwas müßig – ein Gespräch darüber hätte zwischen uns Reportagecharakter, ein aneinandergereihtes Austauschen von Worten ohne ein Vibrieren, ohne ein Mitschwingen, nicht mal in der Stimme. Das meine ich nicht böse – ich denke, bei dem jetzigen Abstand wird es so sein.

Ich gebe ja zu, dass auch ich Dich irgendwann nicht mehr verstanden habe, wahrscheinlich sogar nie richtig verstehen wollte. Schwamm drüber! Ob wir uns verstanden hätten (im Sinne von „geklappt hätte"), wenn wir mehr Zeit miteinander gehabt hätten? Mein Kopf sagt Nein, mein Herz immer noch Ja. Deine Antwort wäre immer eine andere als meine. Doch umgekehrt wird bei Dir auch nicht so richtig ein Schuh draus ... Jetzt aber Schluss damit, die Eintönigkeit des Tac-Tac, wenn der Zug über die Nahtstellen zweier Schienen rollt, führt zu monotonen Gedanken.

Abschließend doch noch ein Satz dazu: Sonderbar, mir ist gegen alle Vernunft und Gefühle ganz weit und klar ums Herz; vielleicht gerade deswegen, weil ich keine richtige Ahnung habe, wohin mich dieser Zug hier bringen wird. Ich habe die trügerische Empfindung, dass mir nun die Welt offensteht, was natürlich ein Irrtum ist; in Wahrheit wird mir auch Lissabon verschlossen bleiben, mit Ausnahme vielleicht der einen oder anderen Spur, deren Worte ich gelesen habe und von denen ich mir gerne ein sichtbares Bild machen möchte?! Von Deinen ausgesprochenen und nicht gesagten Worten konnte ich mir ein Bild machen, von Dir habe ich immer noch ein Bild vor Augen – ehrlicherweise musste ich erkennen, dass es inzwischen ein anderes ist, als ich es noch mit meinen Dir bekannten Augen gesehen habe (oder sehen wollte). Oder anders ausgedrückt: Das Bild, was ich heute von Dir habe, wurde immer blasser und ist immer unschärfer geworden.

Zeitlich zum Alleinsein oder auch zum Reden und Verstehen, was ich in diesem Brief schon habe anklingen lassen: Inzwischen habe ich gelernt, gezwungenermaßen lernen müssen, dass es gut ist, zu schweigen, sich einfach seine Teile zu denken. Noch besser ist es mir dabei ergangen, gar nicht erst zu erkennen geben, dass man überhaupt etwas denkt. Eigentlich dürfte ich Dir auch gar nicht schreiben – es ist ja nur eine andere Form des Redens. Und es bleibt offen, ob es beim Leser eine Form des Verstehens gibt. Wie dem auch sei, eine Erklärung, warum ich Dir mehr als 24 Stunden am Stück einen Brief schreibe – zugegebenermaßen vorgeschrieben habe und jetzt nachschreibe –, werde ich nicht finden.

Ich kanns mir ja jetzt einfach machen und behaupten, dass es daran liegt, mich immer mehr von Dir zu entfernen. Doch das hatte ich ja schon geschrieben, dass es mir dabei ergeht: Je weiter ich von Dir weg bin, um so näher fühle ich mich Dir. Immer noch – ich könnte auch schreiben: Je näher ich Lissabon komme, je näher komme ich auch Dir. Irgendwie alles sehr seltsam. Wenns keine Verspätung gibt, bin ich in etwas mehr als drei Stunden in Lissabon – exakt 7 Uhr 30 Ortszeit. Aus dem Nachtzug, der er von der französisch-spanischen über die spanisch-portugiesische Grenze auf seiner bisherigen Fahrt war, ist seit Entrocamento nun ein Tagzug oder genauer, ein Frühmorgenzug geworden. Witzig, dass er sich Hotelzug nennt, bloß weil er Schlafwagen hat und die Reisenden ein Frühstück bekommen. Ab halb Acht portugiesischer Zeit dann wird alles anders, mein Brief an Dich ist geschrieben, und meine Gedanken an Dich überlagern sich mit ganz anderen Impressionen. Das Erinnern hilft dem Vergessen. Oder wird es womöglich umgekehrt: Das Vergessen hilft dem Erinnern? (Erinnerst Du Dich oder hast Du es vergessen? Diese Worte hängen bei mir an der Wand). Es wird wahrscheinlich auf eine Endlosschleife hinauslaufen – so wie es auch die letzten Jahre nur aussah.

Nicht, dass ich es unbedingt wissen möchte, weshalb sich so manches, was Dich betrifft, über die lange Zeit hinweg nicht wesentlich geändert hat ... mir fällt allerdings auf, dass ich mich immer wieder bei diesem Gedanken erwische. Mal ganz ehrlich, so wirklich der ganz außer- oder auch ungewöhnlich begehrenswerte Mensch warst Du, oder besser, bist Du für mich nie gewesen. Das sage ich heutiger Sicht, mit dem Abstand, der entstanden ist. Damals – und das hast Du mir ja damals auf irgendeine Art und Weise immer wieder vorgeworfen, habe ich Dich mit ganz anderen Augen gesehen. Ich gestehe, mit verliebten Augen. Was ist daran schlimm? Es war so, wie es war. Ich bin mir sicher, wenn es so hätte bleiben können, wäre es heute noch so, sogar bestimmt bis ans Ende aller Zeiten geblieben. Und dann wäre es das Großartige und Einzigartige, was Du für mich je gewesen bist. Was Du allerdings

heute nicht mehr sein kannst. Nicht mal in der Erinnerung
– wie eben geschrieben: Sie hilft dem Vergessen.

Na ja, insgesamt kann ich dabei auch glücklich und zufrieden sein über die Herzens- und Seelenschmerzen – die großen und die kleinen, mit denen ich bis heute immer noch leide. Zum einen sind solche Schmerzen ja auch etwas Annehmenswertes, da sie nur im Bewusstsein, dass man noch lebt, erlebt werden können; und andererseits: Gäbe es diesen Schmerz nicht, hätte ich Dich ja vergessen, und das wäre, wie auch eben geschrieben, wiederum dem Erinnern hilfreich. – Wenn wir so wollen, erkennen wir, vieles in unserem Leben dreht sich immer wieder und wieder im Kreis. Ich überlasse es Dir, ob Du dies auch so siehst!

Kannst Du Dir eigentlich (noch) vorstellen – das fällt mir eben ein, als ich jetzt bald schon in Lissabon, also bei der Reinschrift des Briefes bin –, dass es für mich bis auf wenige Ausnahmen keinen Tag in den vielen Tagen unseres Schweigens danach gegeben hat, an dem ich Dir nicht dieses oder jenes hätte erzählen mögen, und dass ich gerne von Dir hätte hören mögen, was Du zu meinen Gedanken oder Worten gesagt hättest? Wahrscheinlich kannst Du Dir das in Deiner heutigen Wirklichkeit wirklich nicht mehr richtig vorstellen – ich übrigens auch nicht. Noch weniger allerdings hätte ich mir vorstellen können, dass wir uns in dieser Zeit gesehen hätten, um dies oder jenes zu erzählen und zu hören. Irgendwie auch so ein Paradoxon – bis hin zu diesem Brief, bei dem ich das Gefühl habe, dass Wort für Wort in einen riesengroßen See geflossen sind und nun von jetzt auf nachher die nicht aufzuhaltende Katastrophe eingetreten ist, dass der Staudamm unter dem gewaltigen Druck nicht mehr standgehalten hat. Nun überschütte ich Dich mit all dem Wellenschlagenden, in dem Du womöglich noch ertrinkst?! Neee, ne, Du nicht?! Du doch nicht!

Ich kann mich noch gut (also im Schlechten) daran erinnern, was unkontrollierbare Wassermassen alles anrichten können. War das unser Anfang vom Ende: Das Unwetter, das zur Überschwemmung Deiner Kellerräume führte – symbolisch die Sintflut, von der wir beide damals noch nicht wussten, wann es, das Ende, aufhören sollte?

Jetzt sitze ich also in meinem Nachtzug nach Lissabon, obwohl die Sonne jetzt so langsam ihr Tagwerk vollbringen will, an einem blank geputzten Himmel, soweit ich das aus dem Fenster meines rollenden Hotelzimmers sehen kann. Seit Irun, seit kurz vor sieben gestern Abend sitze ich in diesem Abteil, das nur wenig an ein Hotelzimmer erinnert. Einziger Luxus heute Morgen war das Frühstück, das mir sozusagen ans Bett gebracht wurde, das ich (also das Bett) gar nicht genutzt habe. Es war eine schlaflose Nacht für mich: Zum einen, weil ich nicht schlafen wollte – wegen dieses Briefes. Zum anderen auch, weil ich gar nicht hätte schlafen können – irgendein Geräusch in der Verkleidung des Abteils hätte mich während der gesamten Fahrt gewiss wach gehalten. Ein monotoner, gleichförmiger, einem Ächzen vergleichbarer Ton, der lediglich bei den wenigen Aufenthalten in Bahnhöfen zur Ruhe kam, ließ mir keine Ruhe. Macht nichts! Und jetzt ist es auch zu spät, weil zu früh, ans Schlafen zu denken. Total übermüdet, quasi durchgerädert, bin ich inzwischen hellwach.

Dieses Geräusch ist die konsequente Fortsetzung, die ich in meinen Nächten daheim stundenlang, Nacht für Nacht, erlebt habe. Eine Eule, vielleicht auch ein Uhu, vielleicht auch eine ganze Schar, die sich im Rhythmus abwechselnd abstimmen, mit einer Ausdauer, die die Ausdauer eines Vogels eigentlich übersteigen müsste, ruft/rufen ohne Atempause sein/ihr Ou-ouuu, bis ich spätnachts oder frühmorgens irgendwann mit blank gescheuerten Nerven und – obwohl es nur bedingt hilft – mit den Zeige-, mehr mit den Mittelfingern in den Ohren einschlafe. Weshalb ich nicht mal mitbekam, ob der Vogel im Laufe der Nacht irgendwann mal für eine Weile Ruhe gab oder nicht. Egal, ob Vollmond oder Neumond war – und die Zeit zwischen den einzelnen Mondphasen sowieso.

Lasse es bitte so stehen; ich finde es eigentlich wunderbar, dass es so was inmitten der Stadt noch gibt, dass die Natur noch ihren Platz zwischen all dem Scheiß um uns herum bewahren kann. Und natürlich hat dieser gefiederte Freund genau so wie jeder ein Anrecht auf seinen Lebensraum, den die Schöpfung ihm gegeben hat und den wir Menschen einem Tier noch nicht weggenommen haben. Und objektiv gesehen war sein Ou-ouuu in Serie vermutlich nicht mal besonders schrill und störend – es hörte sich in der Stille der Nacht halt sehr aufdringlich an. Der nächtliche Störenfried wollte mir gewiss nichts antun, wahrscheinlich machte er sein Ou-ouuu-ou-ouuu-ou-ouuu aus ganz verständlichen Motiven, bspw. um sein Revier zu verteidigen oder auch zur Arterhaltung, in dem er sein Pendant anlocken wollte. Oder auch einfach nur aus Jux und Dollerei?! Vielleicht liegt es ja auch an seinem Atmungssystem, das ja bei Vögeln irgendwie anders ist als bei uns Säugetieren? Mal gelernt in der Schule, doch ich habe nie nachgeschaut und bringe es nicht mehr richtig zusammen. Fließt nicht bei unseren gefiederten Freunden die Atemluft nur <u>in</u> die Lunge? Bloß wie kommt sie dann wieder aus den Vögeln raus? Vielleicht durch Ou-ouuu?!

Wie komme ich jetzt zur Ornithologie, Orthografie wäre angebrachter?! Ah ja, die nächtlichen Geräusche zu Hause und hier im Nachtzug nach Lissabon. So sterbe ich nicht des Nächtens vor Langeweile oder gänzlich gedankenloser Einsamkeit in der Ereignislosigkeit des Tages, in der Beschäftigungslosigkeit meiner Stunden, in der Stille der Nächte, die auf eine andere, so nicht gewollte Art keine geworden ist.

Beim Blick aufs Vorgeschriebene und die fortgeschrittene Zeit bis zur Ankunft: Ach ja, vieles gäbe es noch zu schreiben, reinzuschreiben an Berichtenswertem. Aus meiner Sicht – es muss ja noch lange nicht bedeuten, dass dies auch für Dich unbedingt lesenswert ist. Mit einer Landschaftsbeschreibung allerdings kann ich nicht dienen; in der Zeit des Rohtextes gab es nichts, was des Aufschreibens so richtig gelohnt hätte. Der gestrige Morgen, die etwa eineinviertel Stunden bis Straßburg ... beim Blick aus dem Fenster fand ein ereignisloses Aneinanderreihen von langweiliger Gegend, die Sicht oft durch hässlich designte Wände entlang der Gleise versperrt, oder noch trostloser, vor pechschwarzen Tunnelwänden statt. Dann bis späteren Vormittag im TGV bis Paris ... so komfortabel solche Hochgeschwindigkeitszüge sind, Abwechslung bieten sie keine – dort, wo sie langfahren, bleibt Gegend, Landschaft, Sehenswürdiges auf der Strecke. In Paris selbst musste ich sehen, dass ich innerhalb von zwei Stunden vom einen zum anderen Bahnhof kam, da war mein Blick auf anderes gerichtet. Und die restliche Zeit bis in den Abend hinein – sechs Stunden TGV-Fahrt mit gleicher Aussichtslage und etwa 30 Minuten Aufenthalt in Irun in einer fast heruntergekommenen Bahnhofsrestauration – erlaubten mir auch kein bemerkenswertes Bild von Frankreich, das lohnt, zu erwähnen ... Irun, Grenzstation, trotz Schengener Abkommen, hat immer noch was Eigenartiges, Surreales einer anachronistischen Grenzüberschreitung, und auch die Fahrt davor von Biarritz bis zur französisch-spanischen Grenze schenkte mir nicht wirklich einen lohnenswerten Blick auf den Atlantik.

Tja, und dann endlich im eigentlichen Nachtzug nach Lissabon zu sitzen (oder wer wollte, zu liegen) ... das war für mich die schon erwähnte Zäsur vom Vor- zum Nachschreiben. Abgesehen von trister Dunkelheit durch eine, wie mir schien, leblose Landschaft, begann in Spanien die über 12-stündige Reinschrift (eigentlich, wie ich jetzt beim Nachschreiben feststelle, lediglich eine 11-stündige durch die grenzüberschreitende Zeitverschiebung, die sich nun durch Portugal recht zügig (obwohl der Zug sich hier doch für unsere Verhältnisse ziemlich langsam weiterbewegt) dem Ende zuneigen muss, wenn ich alles reingeschrieben bekommen möchte. Wie es aussieht, fehlt mir jetzt wirklich die Zeit für naturphilosophische oder -kundliche Betrachtungen, die – so wie ich letztens in einem klassischen Roman gelesen habe – mehr zu englischen Ladies passt, die so etwas während Zugfahrten gerne anstellen. Nun haben aber meine Eltern dafür gesorgt, dass ich keine englische Lady bin und nicht einfach so philosophisch Zug fahre. Was ich damit sagen will: Wenn man, wie ich, mit einem konkreten Ziel eine Bahnfahrt über mehr als 24 Stunden absolviert, in dem ich nur schreibe, bleibt keine Chance auf die Be-(ob)achtung von Naturphänomenen. Da ich mir nun mal vorgenommen habe, Dir endlich diesen Brief – oder so was Ähnliches – zu schreiben, kann ich mir das poetische Gefolge von Bäumen, Bergen und Begebenheiten, von Weiden, Wäldern und Wundern nicht leisten.

Außerdem muss ich mich jetzt wirklich sputen, bis zur Ankunft in Lissabon fertig zu werden! Doch soviel Zeit muss sein: Ein Einschub, den es in der Rohfassung nicht gibt. Es liegt an dem unbarmherzigen Geräusch, das aus der Tiefe meines Abteils kommt, und jetzt bei der kurvenreichen Streckenführung einen ganz besonderen Resonanzboden erfährt. Ich hatte schon geglaubt, das Ou-ouuu endlich für unbestimmte Zeit hinter mich zu lassen – und dann dies! Ruhe ist mir trotz meines ruhiger gewordenen Geistes wohl auch auf neuen Wegen nicht vergönnt.

So bleibe ich nochmals beim Nachtgesang: Ou-ouuu-ou-ouuu-ou-ouuu-ou-ouuu ..., machte dieser Vogel, unermüdlich. Kein anderer Vogel war von meinem Schlafzimmer aus zu hören gewesen, des Nachts, immer nur dieser eine. Wobei – ich erwähnte es schon – ich mich immer wieder gefragt habe, ob es wirklich ein einziger war oder ob mehrere Exemplare derselben Spezies einander perfekt ablösten, um mich mit vereinten Kräften meines Schlafes zu berauben. Für Ersteres spricht der Umstand, dass das Ou-ouuu immer nur einsam und niemals mehrstimmig erklungen ist, dagegen die schlichte Wahrscheinlichkeit: Wieso sollte es ausgerechnet von dieser Gattung in kilometerweitem Umkreis des naheliegenden Waldes nur ein Exemplar geben? Weil er irgendwie übrig geblieben war? Weil er sich verflogen hatte und eigentlich ganz woanders hingehörte, nach Schottland oder in den Schwarzwald vielleicht? Oder war er der Wilhelma entflohen, entflogen, um in der Nähe des Waldfriedhofs ein neues Astloch zu finden, aus dem heraus er seine Rufe in der Todesruhe erschallen ließ? Ganz anders: Vielleicht gab es mal irgendwann irgendwo eine Sippe, und er hatte mit geschwellter Brust und gestärkter Ausdauer alle Artgenossen beiderlei Geschlechts aus seinem Revier vertrieben und rief sie nun verzweifelt zurück, bis zum Sanktnimmerleinstag? Oder hockte dort oberhalb in einem der Bäume gar kein eulen- oder uhuähnlicher Genosse, sondern eine biedere, gewöhnliche Taube, die ihr Tagleben satt war? Die nur deswegen Ou-ouuu machte statt Grugruu-grugruuu, weil sie von Geburt an einen missgebildeten Kehlkopf hatte? War die Taube deshalb so verzweifelt ausdauernd, weil ihr verzerrter Lockruf in der Dunkelheit der Nacht von ihren Artgenossen nicht verstanden wurde?

Schluss jetzt, man wird ja tierisch kirre davon im Kopf! Es ist ja kaum der Rede wert. Obwohl es einen schon zermürben kann. Wald hat für mich eine ganz neue, eine gänzlich andere Bedeutung erlangt als noch vor einiger Zeit ... lasse ich es jetzt gut sein damit, und komme langsam zum Ende des nachzuschreibenden Vorgeschriebenen, das zwischen Bordeaux und Hendaye entstanden ist: Ich hab mich immer wieder auch gefragt, dass oder ob Du Dich das gefragt hast, ob ich Dich vergessen konnte oder vergessen habe? Wenn Du eine Antwort von mir haben möchtest: Ja, ein wenig schon; es hat wirklich keinen Sinn, sich tagtäglich vor Sehnsucht oder ähnlichem zu verzehren. Und doch habe ich Dich – daran hat sich nichts geändert – auf eine nicht zu beschreibende Art bei mir. Es ist schon sonderbar: An Menschen, mit denen ich vor wenigen Tagen noch zusammen war, habe ich nur noch vage bis keine Erinnerungen, doch Dich habe ich immer noch ganz lebhaft vor mir. Nicht immer, doch wenn, dann immer noch.

Eine Seite, die letzte meines französischen Gekritzels fällt jetzt durchs portugiesische Sieb: Es hat nichts mehr mit uns zu tun. Falsch, es hat natürlich was mit uns zu tun; richtigerweise müsste es heißen: Es hätte was zwischen uns zu tun. Also werde ich diese Worte nicht ins Reine übertragen, denn das, was es zwischen uns zu tun hätte, hat nichts mehr mit uns zu tun. So gesehen bleibt noch eine Handvoll Zeit und Muße, aus dem Fenster zu schauen, um meine Gedanken ein wenig zur Ruhe kommen zu lassen ... Der Rest ist vergleichsweise schnell geschrieben: Monate, nachdem unser Schweigen zur Wirklichkeit wurde, las ich in einem Roman den Satz „Die Idee der Liebe ist schon ein totales Missverständnis". Zu diesem Zeitpunkt war ich noch nicht so weit, mir das, was dahintersteckt, einzugestehen. Heute – wenn ich ganz ehrlich bin, ganz aufrichtig betrachtet – überzeugt mich der Satz. Zumal der Wahrheitsgehalt auf einer persönlichen Erfahrung beruht, die für mich aus dem jetzigen Abstand gesehen eine unhaltbare Idee ist, die ich nicht mehr weiter verteidigen will. Ich möchte auch jetzt nicht philosophisch daherkommen, doch ich denke, dass wir Menschen – also Mann und Frau – wie Tiere von zwei verschiedenen Spezies sind, obwohl wir der gleichen Gattung angehören: Jenseits aller Illusion von Dialog und Verständnis.

Was passiert denn, sobald die Phase der „Eroberung" – ich nenne sie mal so – vorbei ist? In milder Form Bitterkeit durch Enttäuschungen. In krasserer Weise das Anklagende aufgrund von Forderungen oder Übergriffen. Ich werde jetzt nicht alle denkbaren Facetten aufführen; Sinn und Inhalt, auch wenn sie variabel sind, führen auf sehr Ähnliches hinaus. Am Ende steht das Gefühl, getäuscht, vielleicht hereingelegt oder verraten worden zu sein – eine Frage der Zeit. Weil man versucht, einen anderen Menschen zu vereinnahmen, sie oder ihn anders zu machen, als sie oder er wirklich ist. Sich jemanden zurechtzuformen.

Man spricht dabei selbst nichts anderes als eine Rolle, ein mehr oder weniger bewusstes Spiel. Traurig und auch grausam: Das Stück endet erst, wenn der Vorhang schon lange Zeit gefallen ist. Weil man vorher so in seine Rolle verstrickt ist und sein wahres Ich beim Auswendiglernen der Rolle ablegt. Und – und das ist das besonders Grausame daran – das Ende kommt unausweichlich (Ich glaube, dass ich Dir das irgendwann zwischendrin mal geschrieben habe: Der Anfang vom Ende ist gemacht, doch wir wissen nicht, wie lange der Weg bis dahin ist?): Weil man erreicht hat, was man wollte; oder eben nicht. Oder auch nicht besser: Weil das So-tun-als-ob immer mühsamer wird, dass man dies nicht ewig durchhalten kann – weil man sich am Ende einer Beziehung nicht mehr verstellen oder anpassen möchte.

Über Gefühle ließe sich noch stundenlang schreiben – auch über Deine, die ich wahrnehmen durfte, ich denke, richtig wahrgenommen hatte: Keine Gefühle zu zeigen oder nur sehr dezent, sehr sparsam zum Ausdruck zu bringen, heißt ja nicht, keine zu haben. Doch heute bin ich mir sicher, ich habe das unterschätzt; ich denke, es war ein Fehler, von Dir so zu denken, oder besser so zu fühlen, wie Du mit Deinen Gefühlen umgegangen bist. Ich wollte es mir so nicht vorstellen. Und: Ich habe es seinerzeit auch nicht verstanden – und damit blieb auch Dir keine andere Wahl als die, mich misszuverstehen.

Unser Ende war ein Gefühl von außerordentlichem Verlust und innerordentlicher Befreiung – für mich. Es wurde eine unwirkliche Leichtigkeit, in der ich mich schrecklich einsam fühlte. Und grausam. Bis ich erkannte, dass es gut ist, aus dem Einsamsein in ein Alleinsein zu gehen, um sich die Last dieses eben erwähnten Rollenspiels künftig nicht mehr aufbürden zu müssen. Gefühle kann man nun mal nicht ablegen, wie man Löffel, Gabel, Messer gut geordnet im Besteckkasten sortiert. Du hast es versucht, vielleicht hast Du dabei das Gefühl gehabt, es ist Dir auch mit Deinen Gefühlen gelungen? Du stochertest dabei in den hintersten Ecken herum, mehr noch, ich wurde dabei noch in die allerunterste Schublade gesteckt und verstaubte. Meine Wirrungen, meine Irrungen! Heute weiß ich, dass ich mich verirrt hatte ... und geirrt – ich gestehe es mir ein.

Wir haben in verschiedenen Welten gelebt. Am Ende waren sie unvereinbar. Und die Konflikte zwischen uns beiden blieben ab irgendeinem Zeitpunkt immer unterschwellig-latent vorhanden. Und immer dann, wenn dann noch einige Planeten im falschen Haus dazwischenfunkten, gabs Chaos. Die Rollen, die wir verkörperten, standen anfangs relativ schnell fest: Du die Skeptikerin, ich der nicht Zweifelnde. Bis ich verzweifeln sollte, weil Du an Deiner Skepsis von Anfang an nicht gezweifelt hattest.

Wie war es denn? Du hast mir oft genug ziemlich deutlich zu verstehen gegeben, dass ich überhaupt nicht Dein „Traummann" gewesen bin. Aber auch Du warst nie eine „Traumfrau" für mich (obwohl Du das immer glaubtest, weil ich zu oft gesagt habe – so kann es sein, wenn man verliebt ist), weil ich – bevor wir uns kennenlernen durften, nie von einer „ganz bestimmten Frau" geträumt hatte. Und als wir uns dann kennenlernten, brauchte es ja auch keine Träume mehr. Es war das wahre Leben: Dein Anblick, Deine Wärme, Deine Haut, Deine Berührungen ... o. k., es wurde immer einseitiger – doch ich erlebte immer wieder eine so tiefe innere Verbundenheit und Zusammengehörigkeit trotz aller Distanzen zwischen uns, dass ich glaubte, unser chaotisches Mit- und Gegeneinander überbrücken zu können.

Nun, wie wir wissen, kam es so, wie ich es nicht kommen sehen wollte. Und jetzt? Ich kann wieder so leben, dass ich alles von Dir nicht mehr vermisse. Vielleicht konnte ich es aber auch erst dadurch, weil alles verlorengegangen ist? Wäre mir Dein Anblick geblieben, als einziges, hätte ich alles andere von Dir weiterhin für immer vermisst. Erst die totale Aufgabe führte mich dahin, dass ich heute wieder sagen kann: Ja, ich war trotz allem sehr glücklich mit Dir.

Tja, darüber und über vieles andere, was unmittelbar dazugehört und was ich jenseits davon empfunden habe, hätte ich gerne – irgendwann mit dem Abstand, als auf der Bühne des normalen Lebens für mich wieder der eine oder andere Scheinwerfer anging – mit Dir gesprochen.

Wie schon so häufig mit einem Brief, und jetzt ist es auch wieder nicht anders: Er wird zum Monolog, zum geschriebenen Monolog eines Menschen, der glaubt, in 24 oder 25 Stunden Bahnfahrt mit sich endgültig ins Reine zu kommen, alten Ballast abzuwerfen – was nicht gelingt. Und der bei einem anderen Menschen, so dieser Monolog gelesen wird, etwas auslöst, was nicht gewollt ist. Doch auch das ist hypothetisch. Du weißt, ich war schon immer ein „hommes des lettres" – und immer auch mit der Gefahr, lang und länger und damit immer langweiliger zu schreiben. Das kennst Du ja bereits, und diesen Brief wird am Ende das gleiche Schicksal ereilen. Ich konnte wohl beides nicht: weder schreiben noch reden (wie bspw. am Telefon).

Meine „Liebe" zu Dir??? Ich muss einfach an dieser Stelle nochmals darauf eingehen – auch wenn ich weiß, es wird auch jetzt keine Erklärung dafür geben können. Schon mal gar keine, die für Dich erklärend ist. Ein Philosoph – dumm, wer es war, habe ich vergesse – schrieb: „Liebe ist ein Mysterium". Und sinngemäß weiter: So wie ein Glaube. Zigmal haben Philosophen den Beweis an den Glauben übersinnlicher Mächte erbringen wollen und konnten dies genau so wenig wie andere, die an nichts glauben, herbeireden. Er war jedoch überzeugt, dass das ständige Diskutieren über die Liebe alles so enterotisiert, wie das Philosophieren über Gott bspw. dem Glauben die Totalität nimmt. Finde ich sehr passend!

Die Idee der Liebe? Ist es z. B. die Vorstellung von der verwandten Seele, deine andere Hälfte, die körperlich und geistig andere? Die unvergleichlich ideale Ergänzung, die jede andere Kombination in den Schatten stellt? Zugegeben: Eine Beziehung, die anders ist als alles, was man bisher erfahren hat – die es aber im Grunde genommen nie geben wird?! Bloß, warum glauben wir Menschen daran? Vielleicht, weil wir irgendwas erfinden, konstruieren wollen, um einer trostlosen Wirklichkeit von Tatsachen einen Sinn zu geben, um nicht klaglos hinzunehmen, dass das Leben sowieso ein Reinfall ist? Und sollte eine solche Beziehung wirklich erfunden werden, passiert das Gleiche, wie mit jeder Erfindung: Auch das allereinzigartige aller einzigartige Patente nutzt sich mit der Zeit ab; es wird immer wieder aufs Neue versucht, daran rumzuexperimentieren.

Hm, die Liebe, die ich meinte??? War sie der Pulsschlag, mein Pulsschlag, der in Deinen eingezogen war und im Gleichklang einen Takt angab, einen Takt des Rausches, der Sehnsucht und Sucht, der Hingabe und Lust und der Bezogenheit zu- und miteinander. Auch wenn man im weitesten Sinne die Lust mit Sex gleichsetzen kann, hat es damit nur sehr wenig zu tun. Was ich jetzt meine, hat jedenfalls damit nichts zu tun: Sex kann so leer sein wie die Leere, die er hinterlässt, und die man nur wieder aufsucht, um sie mit neuer Leere auszutauschen. Du warst Fülle. Liebe kann – wenn sie im gemeinsamen Pulsschlag lebt – Menschen verwandeln. Sie verschenkt ihre Gunst nicht oft, und meist lernt man erst spät (manchmal zu spät), dass nur die Sprache des Körpers ehrlich ist, nicht die der Worte und Gesten, die überdacht, die gesteuert sind.

Vielleicht sollten wir diese Form der Ehrlichkeit über diesen Weg lernen und erfahren? Für mich gesehen glaube ich inzwischen daran, dass es so sein sollte. Ehrlichkeit, den Wünschen und Träumen gegenüber, die wir nie geäußert haben, von denen wir nie den Mut hatten, sie auszusprechen, in Worte zu fassen. Die Sehnsucht nach einer Hingabe, die irgendwie schon archaisch in uns wohnt, kraftvoll, manchmal auch maßlos, und die in einer Begegnung endlich den Mut findet, zu sprechen – und zwar in der ehrlichen Sprache, die der Körper spricht, wortlos.

Ja, je mehr ich danach über uns nachgedacht habe (was bei mir auch nicht ausbleiben konnte), umso mehr habe ich empfunden, dass dies der Sinn unserer Begegnung sein musste. Denn unsere jeweilige Lebensführung, unsere Interessen, unsere Vorlieben und unsere Vorstellungen vom anderen haben uns nicht so stark aneinander gebunden, haben uns im Grunde genommen nicht verbinden können.

Da ich gerade im Zug sitze, mag ich eine Beziehung mit einer Bahnfahrt vergleichen. Man steigt ein in einen Zug, um irgendwann irgendwo anzukommen. Und stellt nach längerer Reise fest, dass man ewig mit diesem Zug immer im Kreis fährt. Oder hin und zurück, immer die gleiche Strecke, die gleichen Kurven, die gleichen Bahnhöfe, die gleiche Landschaft, die gleichen Passagiere, die gleichen Kontrolleure. Kilometer um Kilometer auf einer ewig gleichen Strecke, bis irgendwann irgendjemand eine Weiche verstellt und der Zug auf einem Abstellgleis an einen Prellbock fährt. Und warum die immer gleiche Strecke? Wegen all der Unterschiede zwischen zwei Menschen, die sich in einer Beziehung nicht vereinbaren lassen!

Anderer Bahnsteig – kleiner Nebensatz, der mir gerade einfällt: Vielleicht sollte ich ein Rezeptbuch für nicht existierende Lebensentwürfe schreiben?!

O. K., weiter mit uns, obwohl es jetzt schon lange ohne uns ist: Wie wars denn zwischen uns? Wir hatten irgendwann auf jedem Gefühl herumgetrampelt, viel zu viel zerredet, auf einem unerträglichen Niveau kommuniziert (vor allem am Telefon) und uns mit schwachsinnigen Argumenten traktiert. Warum? Um uns gegenseitig zu verletzen? Um dem anderen zu erkennen geben, dass jeder seine Rolle spielen muss, um sie vielleicht nicht ein Stück weit aufgeben zu wollen? ... Müßig, das jetzt noch analysieren zu wollen ...

Gerade eben kam ein zugbegleitender Hotelangestellter und fragte mich nach einem letzten Wunsch (für die Bahnfahrt natürlich) – in etwa einer halben Stunde wird unser Zug in Lissabon einrollen; an die fahrplanmäßige 7-Uhr-30-Ankunft werden wir jedoch etwa zehn Minuten dranhängen müssen. Einen letzten Wunsch, meinen letzten Wunsch ganz allgemein habe ich ihm vorenthalten.

Ich mag nicht noch weiter in Metaphern und Allegorien rummachen. Mir ist es zu viel, und – solltest Du all die unzähligen Seiten bis hierhin gelesen haben – Dir wahrscheinlich auch?! Erlaube mir noch einen letzten lyrischen Blick aus dem Zug – er bummelt gerade im Schneckentempo durchs Land, und dabei ermöglicht mir ein Blick durchs Fenster ein nachhaltigeres Bild als die Wischer bei schneller Fahrt: Der Himmel hier hat das strahlende Blau Deiner Augen und die Felder, die sich manchmal hinter dichtem Buschwerk verstecken, doch immer wieder auch in sanften Wölbungen bis zum Horizont anzuschauen sind, sehen aus, in Form und Farbe, in Licht und Schatten, wie die Oberfläche Deines Körpers ...

Nochmals zurück zur Idee der Liebe bzw. zu dem Missverständnis, dass diese Idee eine Illusion ist. In jungen Jahren ist es vielleicht noch in Ordnung, in diesen Dimensionen zu denken, zu leben – eine romantische Vision zu haben. Wer – wie wir, in unserem Alter – schon so manches über die Evolution gehört und gelesen hat, wenn man weiß, dass es zwischen Mann und Frau, zwischen Frau und Mann etwas gibt, was man eigentlich gar nicht wissen kann, jedoch erfahren, erfühlen, erleben darf. Doch spätestens dann, wenn man „Caveman" gesehen hat, sollte die Idee der Liebe ad acta gelegt werden.

Wie wars denn bei mir? Erst mein Alter machte mich zu dem, was ich Dir gegenüber ausdrücken konnte: Ich habe Dir, glaube ich, so offen gesagt, dass ich bisher keine Frau so wie Dich geliebt habe. Und damit meinte ich eine von tiefem Vertrauen, von Verständnis und auch von Leidenschaft geprägte Form. Eine umfassende Liebe, ja, die sich auch ein immerwährendes Zusammensein wünscht (nicht körperlich, sondern geistig – nicht zeitlich, sondern fühlend). Das war und blieb Dir fremd – war es Deine Angst, Dich möglicherweise total ausgeliefert zu fühlen?

Die Krux: das Alter versus das Jungsein. Entweder man kann es noch nicht fühlen oder es ist zu spät, um es überhaupt fühlen zu können.

Mit Blick auf mein Vorgeschriebenes, auf das, was ich noch vorhabe, zu schreiben: Ich muss mich sputen, wenn ich alles reinpacken will – mir fehlt eindeutig die mir bei Abfahrt nicht bewusste Stunde Zeitverschiebung!

Das jedenfalls möchte ich noch loswerden: Wie hatte ich sie mir vorgestellt, unsere Seelengemeinschaft? O. k., es war schon so, prinzipiell jedenfalls, dass ich morgens, mittags, abends und nachts mit Dir zusammen sein wollte (dass das nicht möglich gewesen wäre, war auch mir ganz klar). Dich morgens ganz zärtlich und leidenschaftlich wecken, damit vom Frühstück bis zum Nachtmahl Dein Tag strahlt, und Du, genauso wie ich, kreativ und mit Freude an die Arbeit gehen konntest. Mit Dir so viel gemeinsam zu erleben, in Stuttgart oder um die ganze Welt. Bei Dir oder bei mir in Ruhe lesen, Musik hören, einfach nur da sein. Oder über Themen reden, von denen Du was weißt und ich nichts oder umgekehrt. Und auch das: Dem anderen Mut zu machen, wenn es mal nicht gut läuft. In Harmonie all das zu erspüren, was wir beide noch nicht kannten und wussten ...

Ich weiß, es war verdammt viel. Und mir war klar, dass wir auch nicht alles erreichen würden. Doch ich habe immer daran geglaubt, dass sich dies verwirklichen lässt. Es musste ja nicht alles auf einmal oder sofort sein, denn wie sagten wir immer: Wir haben ja alle Zeit dieser Welt.

Und ich weiß auch (und habe es damals schon gewusst): Ein „Wir", dieses Gemeinsame, vereinfacht natürlich vieles, wird u. U. auch oberflächlich benutzt und kommt viel zu häufig viel zu leicht über die Lippen, ohne dass wir ernsthaft darüber nachdenken. Doch für mich galt immer im

Umgang mit Dir die Liebe, die ich meinte, die Bereitschaft, Dich zu verstehen – und umgekehrt sollte es genau so sein. Ich wollte Dich lieben (jawohl!), Deine Arten und Eigenarten respektieren, Deine Verwundungen wahrnehmen und Dich auch – was Du nie verstanden hast – trösten, wenn Du mal traurig warst. Wir konnten doch beide in unserem Leben viele Erkenntnisse und Erfahrungen sammeln, um dahin zu kommen – es sollte nicht sein. Zurück zu Caveman:

Männer – sie haben die Frauen jahrtausendelang betrogen und diskriminiert, eingesperrt, benutzt und ausgebeutet ...

Frauen – sie haben die raffiniertesten Strategien der Verführung, der stillschweigenden Zermürbung und emotionalen Erpressung entwickelt, bis sie zur zweiten Natur geworden sind ...

Frauen – sie leben mit dem Mutterinstinkt, als Ernährerin, die sich verpflichtet fühlen, ihrem Jäger den Teller zu füllen, und die es beglückt, wenn er seinen Teller leer isst, um ihn hinterher säubern zu können.

Männer – sie haben alle nur denkbaren Lügenmärchen aufgetischt, haben – meist umsonst – ganze Ozeane mit Wörtern übergossen, aber auch vergeudet, haben sich geradezu kriminell mit ihrer Rolle identifiziert und unkontrolliert vermehrt, bis die Menschheit auf mehr als sieben Milliarden angewachsen ist – Tendenz stark steigend.

Beide Geschlechter haben unseren Planeten, auf dem wir leben, unwiederbringlich verwüstet und jedes Gleichgewicht zerstört. Und alles nur wegen eines idiotischen Arterhaltungstriebes. Wie soll da noch eine Idee der Liebe keimen können, geschweige denn heranreifen?

Die Tatsachen, dass wir ein Gehirn zum Denken haben, und dass dieses Gehirn im Vergleich zu unseren reinen Lebens- und Überlebensbedürfnissen viel zu viel Masse hat, macht alles nur noch komplizierter und schlimmer.

Fazit: Meine Erkenntnis – und die hat sich nach unserer wie auch immer gearteten, jedoch nicht artgerechten Beziehung manifestiert – ist: Die Idee der Liebe zwischen zwei partnerschaftlich verbundenen Menschen hat durch die Evolution auf unserem Erdball keinen Raum des Überlebens, ja gar des Lebens finden können.

Ich weiß nicht, warum mir gerade jetzt, in diesem Augenblick, bei diesen Worten das Lied von Unheilig einfällt: „Geboren, um zu leben"? Egal, es bringt ja nichts mehr, aus diesem Liedtext zu zitieren ... zumal ich den Inhalt auch gar nicht auswendig kenne.

Die Liebe, nein, ich verbessere mich, das Verliebtsein ist doch eine pure Anmaßung, oder? Stimmt doch! Besonders, wenn sie vergangen ist und eine Ewigkeit zurückliegt. Ich möchte zu gerne wissen, was es ist. Eine hormonelle Dysfunktion, wie Biologen uns weiszumachen versuchen? Seelentrost für kleine Jungs, die von ihrer Mama nie richtig geliebt wurden, wie Psychologen orakeln? Daseinszweck für Ungläubige? Oder Daseinszweck für daran Glaubende? – Das alles zusammen? Mag sein. Doch noch sehr viel mehr, das weiß ich inzwischen.

Meine letzten Gedanken an Dich:
Ich werde immer, immer wieder an das Schöne und Besondere zwischen uns denken. Und Du solltest wissen, dass ich sehr sehr lange sehr sehr traurig war. Es wäre ja auch eigenartig gewesen, wenn da kein Schmerz gewesen wäre, nach all den vielen schönen Gefühlen für Dich. Unsere Unterschiede waren am Ende dann doch zu groß, als dass wir uns gegenseitig verstanden hätten und uns daher auch immer mehr missverstanden haben. Es wurde für beide besser, auseinanderzugehen – es blieb leider der bittere Beigeschmack, dies im Streit, im Zorn, im Schlechten getan zu haben.

Deine ziemlich letzten Gedanken an mich waren getragen von der Vorstellung, sich eine Beziehung zu wünschen, die von großer und teilnahmsvoller Freundschaft (einer Freundschaft ohne physische, nur mit psychischen oder geistigen Berührungen – so habe ich sie verstanden) geprägt sein sollte, entspannt, unverkrampft und ohne Verletzungen auszulösen. Ich war nicht fähig dazu, ich habe unsere Beziehung immer auch mit einem leidenschaftlichen Liebesverhältnis verbunden, ohne Liebesschwüre, doch mit Liebesbekundungen. Diese Form des Zusammenseins war uns nicht vergönnt.

So, jetzt muss endlich genug darüber geschrieben sein – meine Ankunft in Lissabon wird das vorhergesehene und angekündigte Ende meiner Worte sein.

Unser gemeinsamer Zug ist schon vor langer Zeit abgefahren. Wir mussten nach kurzer Zeit wieder aussteigen – er fuhr weiter, ohne uns. Dieser hier, mein „Nachtzug nach Lissabon" wird in wenigen Augenblicken seine lange Fahrt beenden – ich bin angekommen.

Was ich tun werde, wenn ich im Bahnhof Santa Apolonia aus diesem Zug gestiegen bin? Ich steige ein in den „Nachtzug nach Lissabon" des Pascal Mercier. Gleich nachdem ich den Brief auf den langen Rückweg zu Dir abgeschickt habe.

Sei glücklich am Leben, sei gesund am Leben, meine Liebe. Und sei gnädig wegen meiner Worte an Dich,
Dein Lieb

NB.
Erschrocken bin ich über die Menge meiner Worte jetzt doch – das ist ja kein Brief geworden, sondern ein Päckchen (vielleicht im doppelten Sinne: auch eines, dass ich die letzten Jahre mit mir rumgeschleppt habe?!). Erschrocken auch, dass ich eigentlich gar nichts mehr zu sagen bzw. zu schreiben habe. Meine letzte Fahrt mit Dir ist zu Ende.

(2013)

Endloses Alphabet

Aller Anfang ist ein Aufnehmen und Abgeben, ein Annehmen und Ausschöpfen – das Auftauchen von Augenblicken von einem zum anderen: Ansichten, die zu Ausblicken werden. Aussichten, dessen Anblick sich lohnt.

Bedeutung eines Bewusstseins – Belege, die über das Banale hinausgehen: Briefe, Botschaften, beredte Buchstaben ... Und Blicke, die sich zu einem Bild beleben.

Charisma zeigt sich im Charakter ... und im Chaos formen sich die Choreografien. Der Count down als Collage? Come prima ...

Das Denken in neuen Dimensionen – diagonal, distanzlos, durchströmend. Durch das Ich kommt es zum Du.

Eine neue Ebene des Erwachens: entdecken, erleben, empfinden. Eigenartig und einzigartig zugleich.

Fürbass eine frische Form der Fülle, der Farben – mit dem freudigen Funken des Fremden noch, mit dem Feinsinnigen des fortwährenden Fließens.

Geschenke, nicht gleich göttlich, doch grenzenlos gütig. Gleichbedeutend, gegenseitig, gemeinsam. Etwas Großes gelingt.

Hoppla! Das Herz hüpft, manchmal holpernd, manchmal hastiger, manchmal hochrasender – doch ich höre die Harmonie in den Harfenklängen.

Ingredienzien meines Innenlebens: Intensitäten, Interessen, Intuitionen – Idee einer Insel.

Jahrein, jahraus – zu jeder Zeit ein Jonglieren im Jetzt. Und doch jenseits von Jahr und Tag.

Kongruenz der Konvergenz – ein Kreislauf der Kräfte im Körper. Die im Kopf entstehen, mal kopflastiger, mal kopfloser.

Lauf des Lebens, die Linie der Laune, das Lösen des Lichts. Vielfältig ist die Lust der Langeweile, vielschichtig das Leiden in der Leere. Und doch gibt es sie: die Leuchtkraft des Lichtblickes, um in labyrinthischer Lage in einer liebevollen Luft zu lustwandeln.

Mittendrin: das goldene Maß zwischen Muse und Muße – meine Möglichkeiten, mäandernde Momentaufnahmen in märchenhafte Modellierungen zu memorieren. Zwei Menschen in der Menge – ein Meisterwerk der Mischung. Musik, die wie der Morgenkaffee eine Meinung hat, mal munter murmelnd, mal mental mitfühlend.

Neugierig auf Neues ist die Näherung an Nähe. Nach und nach nähren dich Nuancen. Noch nicht alles ist nichtig – nehme nie und nimmer das Nie als Notausgang.

Ozean der Ordinaten – die Wellen offenbaren ein Orchester. Ohne sie bleibt alles oberflächlich. O. k., ein wenig ornamental: Ist es Opium fürs Ohr?

Poetisches Parlieren auf Papier? Es kann passiv, es kann phlegmatisch, es kann pathetisch wirken. Und doch ist es das Privileg der Phantasie. Ganz prosaisch: die Pforte zum Paradies – auch ohne pointierten Punkt am Ende.

Quellen des Glücks? Gibt es dabei Querschnitte oder Quoten? Quatsch! Jede Quelle ist quasi ein Quell.

Rückblicke, Rückblenden, Rücksichten. Mit Rückhalt auf neue Reisen gehen – Reisewege, Reisezeiten, Reiseziele. Wir sind immer Reisende in alle Richtungen der Reflexionen. Räume werden überschritten, Regeln durchbrochen. Rotierende Reize rasen durch meinen Rhythmus – riesig.

Sauber, das solide S – ohne ch oder p oder t dahinter. Es hat Substanz, gibt Sicherheit, macht süchtig. Die Suche nach Signalen, Symbolen; – sym = griechische Silbe für zusammen, gleichartig. Sympathie, Symmetrie, Symbiose, Symphonie der Sinne. Ohne Systematik, Seite an Seite (hallo Scout?!) Sehnsucht, Seh-Sucht, Sucht nach Sein. Land in Sicht, Sand im Licht :-). Im übertragenen Sinne: das Salz (des Meeres) in der Suppe oder vielleicht auch die Sonnenblume der Seele.

Tag für Tag, Traum für Traum – Tagträume, teilend, taumelnd, torkeln machend. Tag für Tag mehr, Traum für Traum klarer. Ohne Tristesse, tröstlich.

Unendlichkeit (usw., usf.). Und plötzlich wird man unruhig. Ungerecht? Ungeschickt? Ungehörig? Aufgehört! Unmöglich: Worte, die mit „un" beginnen, sind Unworte, bereiten Unbehagen. Umdenken! Unbedingt!

Viel hast du verursacht. Verstehen kommt von Verständnis. Der Versuch einer Erklärung (nicht zu verwechseln mit Verklärung). Eine Vermutung: Vielleicht hat Vertrauen etwas mit Vollendung zu tun? Verhalten vs. Verlangen.

Was will Wahrnehmung wirklich? Ein Wegweiser sein, weitblickend, wertvoll, Wunsch eines Wohlwollens der Wirklichkeit. Ein Weg, weisend, wichtig, wesentlich – Wunsch der wundervollen Wiederholung.

X? Ein X! Keiner sollte es vor ein U, ein V, ein W setzen. X-fach, x-mal x-... – es sind x-beliebig austauschbare Worte. XXXXXXL – nein, es hat keinen Wert. Umge-ixt: Xenie, wo bleibt der Xinn?

Yippi, yippi, yeah yeah – yoyo, yanz schön konstruiert. Und

yetzt ist yut damit.

Zauber des Zusammenseins. Ein Zustand – zart, zerbrechlich, zögernd. Zwischen den Zeilen entstehen Zeichen und Zeiten. Ein Zufall, der sich zeigt? Die Zukunft zerfließt zum Zustand einer Zuneigung, in der man sich zurechtfindet. Und zwischendrin:

Traumdenken /
Mittel zum Zweck /
Zweck zum Mittel /
Zwittel /
Traumdachte ich wegdämmernd.

(2008)

Trilogie der Begegnungen, Horizonte und Exkursionen

Südseiten
ISBN 978-3-7357-3912-4
Der Autor sagt über seine Beobachtungen: „Wer offen ist für das, was ihm begegnet, geht auch mit offenem Augen durch sein Leben". In seinem ersten Buch „Südseiten" erzählt Bernd Lange über Begegnungen, die er in seinem Wohnquartier beobachtet hat.

nordostsüdwestwärts
ISBN 978-3-7347-9484-1
In seinen Geschichten im zweiten Band „nordostsüdwestwärts" aus aller Damen und Herren Länder überschreitet der Autor Bernd Lange Horizonte, die auf dem schmalen Trennungsfaden zwischen seinem erlebten Bild und dem geschriebenen Wort miteinander tanzen. „Die Worte zeichnen ein Wechselspiel meiner Gedanken nach, die von Augenblick zu Augenblick neue Bilder entwerfen."

Kreuz- und Querungen
ISBN 978-3-7412-5261-7
Mit den Exkursionen in „Kreuz- und Querungen" führt uns Bernd Lange in die inneren Schichten von Menschen, bei denen sie sich in ihrem alltäglichen und allnächtlichen Leben auf ein unbestimmtes, labyrinthisches Überall einlassen. „Wer sich auf nachgezeichnete Lebenslinien und vorgezeichnete Adern einlässt, erspürt, welche Spuren wir hinterlassen." Der Autor schließt mit seinem dritten Buch den Kreis seiner veröffentlichten Kurzgeschichten.